ASCLÉPIUS
e as Pedras do Destino

Editora Appris Ltda.
1.ª Edição - Copyright© 2023 do autor
Direitos de Edição Reservados à Editora Appris Ltda.

Nenhuma parte desta obra poderá ser utilizada indevidamente, sem estar de acordo com a Lei nº 9.610/98. Se incorreções forem encontradas, serão de exclusiva responsabilidade de seus organizadores. Foi realizado o Depósito Legal na Fundação Biblioteca Nacional, de acordo com as Leis nos 10.994, de 14/12/2004, e 12.192, de 14/01/2010.

Catalogação na Fonte
Elaborado por: Josefina A. S. Guedes
Bibliotecária CRB 9/870

S586a
2023
	Silva, Luis Henrique da
	   Asclépius e as pedras do destino / Luis Henrique da Silva. – 1. ed. – Curitiba : Appris, 2023.
	   147 p. ; 23 cm.
	
	   ISBN 978-65-250-5197-0
	
	   1. Ficção brasileira. 2. Mitologia. 3. Magia. I. Título.
	
	                                                    CDD – B869.3

Editora e Livraria Appris Ltda.
Av. Manoel Ribas, 2265 – Mercês
Curitiba/PR – CEP: 80810-002
Tel. (41) 3156 - 4731
www.editoraappris.com.br

Printed in Brazil
Impresso no Brasil

Luis Henrique da Silva

ASCLÉPIUS
e as Pedras do Destino

FICHA TÉCNICA

EDITORIAL
Augusto Coelho
Sara C. de Andrade Coelho

COMITÊ EDITORIAL
Marli Caetano
Andréa Barbosa Gouveia (UFPR)
Jacques de Lima Ferreira (UP)
Marilda Aparecida Behrens (PUCPR)
Ana El Achkar (UNIVERSO/RJ)
Conrado Moreira Mendes (PUC-MG)
Eliete Correia dos Santos (UEPB)
Fabiano Santos (UERJ/IESP)
Francinete Fernandes de Sousa (UEPB)
Francisco Carlos Duarte (PUCPR)
Francisco de Assis (Fiam-Faam, SP, Brasil)
Juliana Reichert Assunção Tonelli (UEL)
Maria Aparecida Barbosa (USP)
Maria Helena Zamora (PUC-Rio)
Maria Margarida de Andrade (Umack)
Roque Ismael da Costa Güllich (UFFS)
Toni Reis (UFPR)
Valdomiro de Oliveira (UFPR)
Valério Brusamolin (IFPR)

SUPERVISOR DA PRODUÇÃO
Renata Cristina Lopes Miccelli

REVISÃO
Andrea Bassoto Gatto

DIAGRAMAÇÃO
Renata Cristina Lopes Miccelli

CAPA
Sheila Alves

Para meu pai Jorge Otávio e minha mãe Antonia Gaspar (in memoriam). Que Cerridwen permita que acompanhem dos céus a realização dos nossos sonhos.

Para Elisangela, minha esposa, que me ofereceu apoio e liberdade para arriscar.

Para Letícia, minha filha, meu milagre pessoal e intransferível, fonte infinita de inspiração para incontáveis histórias.

AGRADECIMENTOS

A Marcelo Tomita (sócio que contraria a narrativa da impossibilidade da sociedade perfeita) e Desiane Tomita, parceria que permitiu a realização dessa obra.

Aos meus irmãos Jorge, Neide, Carlos, César, Mauro e Patrícia que sempre vislumbraram em mim uma capacidade criativa que eu próprio desconhecia.

Ao jornalista Henrique Faria, incansável e bem-sucedido na tarefa de renovar minha autoestima como desenhista e pretenso escritor.

Ao Sr. Ali Hussein Masri, amigo que enfrenta suas batalhas com honra e serenidade, fonte de inspiração para o soberano de Lanshaid.

PREFÁCIO

Não é de hoje que aguardo essa criança. Conheço Luís Henrique, a quem trato por Hico, há quase quarenta anos – o pai de *Asclepius e as Pedras do Destino*. Paternidade partilhada com Apolo que há bem uns oitocentos anos, antes de Cristo, Homero mencionara em sua Ilíada e em sua Odisseia.

No entanto, apesar de tão insigne apadrinhamento, Asclepius não atingiu a excelência mitológica de um Ulisses, um Teseu, ou um Perseu, nem a força e a estatura de um Hércules.

A mitologia romana, por sua vez, latinizando os grandes deuses do Olimpo grego, deu-lhe o nome de Esculápio e lhe conferiu a divindade que a princípio lhe fora negada por Homero, o que, a bem da verdade, foi-lhe atribuída por Hesíodo, cinquenta anos depois que o autor de *Odisseia* o colocara na boca do povo.

Na boca do povo, mesmo, Asclepius caiu sob a pena do poeta romano Píndaro, que revelou a sua gênese, no século V a.C. Esculápio, então romanizado, nascera de uma milagrosa intervenção protagonizada pela ninfa Coronis, amante grávida do deus Apolo, quando resolveu meter-lhe um par de chifres, justamente com um humano, um ser mortal de nome Ischys. Quem imagina a divindade solar sofrendo tamanho revés? Não deu outra: a ninfeta acabou fulminada por um raio de uma vez por todas.

Pronta para ser cremada, já na pira funerária, Coronis atraiu o arrependimento – parcial e atardado, diga-se de passagem – de Apolo, que ordenou a retirada da criança do ventre da menina. A essa criança foi dado o nome de Ausclepius, e foi entregue a um centauro de nome Quiron para ser educado. Quiron, amigo de Hércules, era voltado às manipulações farmacológicas destinadas a curar a humanidade. Além da botânica, era também um cientista voltado à medicina e astronomia.

Ausclepius foi crescendo nesse ambiente e tomou gosto pela coisa. É daí que, provavelmente por concessão de Zeus, foi contemplado com o dom de cura. E Coronis? Coronis, coitadinha, foi mesmo para o espaço. Morreram os dois, a ninfa e o jovem Ischys, esse fulminado pelo próprio Zeus, avô da criança miraculada.

Na mitologia e na religião, Zeus e Deus se confundem e nos confundem também quando questionados pelo seu poder e pelo seu mistério que justificam a sua crueldade quando querem ser cruéis. Pois foi disso que Ausclepius foi vítima, assassinado pela inveja divina de Zeus, por conceder sobrevida aos doentes que curava – preocupação considerável no Olimpo de que ele pudesse imortalizar os mortais. Mas, como Deus, que fora cruel ao entregar seu filho judeu à sanha imperialista dos romanos na Judeia, temerosos que um messias pusesse a perder parte do seu poderio imperial, Zeus permitiu que a morte de Ausclepius o glorificasse até a divindade, como a ressurreição glorificaria um tal Jesus alguns séculos depois.

Foi nessa salada toda que o Hico meteu sua colher. O autor taubateano, conterrâneo de Monteiro Lobato, outro grande contador de histórias, resolveu fazer justiça ao filho de Apolo que, na sua visão, nem sempre teve a sua história contada com o encanto que merece. E de encanto o Hico entende.

A saga de Ausclepius percorre as narrativas nos derradeiros séculos da civilização antecristã desde Homero até chegar a Ovídio, rompendo as fronteiras da Grécia antiga para chegar a Roma, passando por Apolodoro, Diodoro, Teodoreto e Hesíodo até desembarcar na versão tupiniquim que Luís Henrique imprimiu às pedras do destino como determinantes da imortalidade do nosso herói e da sobrevida de Ischys na sua busca incansável pela vingança sobre Apolo.

O autor revisita os manuscritos de Tilbrok de Endorian, mago de Lanshaid e integrante do Conselho de Anciãos daquele reino fantástico onde a fé e a magia se digladiavam, resgatando a figura mítica de Ausclepius de Epidauro, o protomédico que hoje patrocina a medicina e inspira os jovens profissionais da vida na solução das grandes maldições da humanidade, representadas pela doença e pela dor.

Eu sinto que você, leitor, vai comer essa narrativa com a voracidade dos famintos contumazes. Foi assim que a magia desta refábula me envolveu e me amarrou como a minha mãe se amarrara no Direito de Nascer dos anos cinquenta – estação do encantamento. A magia prende, amarra sem que se peça explicação da sua lógica e da sua verossimilitude.

O mergulho na fantasia que encanta é um remédio que Ausclepius com certeza prescreveria para os males da crueza e aridez do nosso cotidiano.

Às favas a realidade!

Henrique Faria

Das longínquas montanhas de Dracon à efervescente península de Lanshaid, dos imponentes portões de Gzansh à vastidão das florestas de Tirânia, uma lenda é contada há muitos e muitos anos.

Os bardos erigiram-lhe um monumento, os celtas cantavam versos em que juravam que a história era real. O desfiladeiro de Urânia possui um trecho ao qual historiadores dácios registraram como possível local do evento: "A Grande Batalha dos Amaldiçoados".

Os viajantes costumavam parar ali e render homenagens aos ancestrais, mas foram os etruscos que criaram o portal onde os viajantes ainda deixam suas oferendas.

Uma história narrada de pai para filho, de tribo para tribo, envolvendo diversos povos, enaltecendo suas raízes e origens.

Conta a lenda que nos primórdios de Lanshaid, a imponente cidadela, então conhecida como "o centro do mundo" durante o reinado de K-Tarh, o Primeiro, uma horda de invasores, liderada por um misterioso feiticeiro, tentou usurpar o poder.

Zefir, o terrível, criou um exército de nômades e mercenários, iniciando um ciclo de terror, invadindo e saqueando por toda a península.

Após três dias de sangrenta batalha e diante da feroz resistência dos soldados de Lanshaid, Zefir ordenou uma surpreendente retirada. Mas na terceira Lua de Ishtar, durante as prematuras comemorações pela grande vitória, uma estranha nuvem negra tomou os céus de Lanshaid.

Na manhã seguinte, o inimaginável aconteceu: todos os habitantes da cidadela tinham se transformado em esqueletos... vivos! Eram centenas, milhares de criaturas, a aterrorizante face da morte cantada pelos menestréis.

Homens, mulheres e crianças, todos, sem exceção, tinham se transmutado em grotescas figuras, exceto um deles: o filho de K-Tarh, o Príncipe Armury. Na busca desesperada por respostas, o príncipe viajou por dois longos dias rumo a Delfos, onde consultou o oráculo no Templo de Apolo. A Pitonisa, sacerdotisa do templo, ao ser indagada sobre a estranha maldição que se abatera sobre Lanshaid, respondeu em transe:

— A última lâmina partida quebrará a maldição. Glória ao que tudo perdeu no exato momento em que venceu.

Armury não se abalou. Mesmo diante de um poder misterioso e aterrador e sem entender o motivo de ter sido poupado pela maldição, ele reuniu os soldados e preparou o contra-ataque. As palavras da sacerdotisa ecoavam em sua mente: "A última lâmina partida... Aquele que tudo perdeu...".

Sem pensar nas respostas, buscou auxílio do Conselho de Anciãos da cidadela, o qual se reuniu por dois dias, e na primeira Lua de Irana convocou o príncipe para oferecer a sua interpretação da profecia:

— Ó grande Armury, filho de K-Tarh, que a sabedoria de Cerridwen possa clarear nossos olhos e abrir vossos ouvidos.

— Aceito vossas palavras em nome de Cerridwen, nobres conselheiros!

Tilbrok, o conselheiro mestre, prosseguiu:

— Nas palavras da Pitonisa: "A última lâmina partida quebrará a maldição: glória ao que tudo perdeu no exato momento em que venceu". As runas apontaram o caminho: "A última lâmina quebrada" do último soldado de Zefir fará cessar a maldição. A segunda parte da profecia está envolta na névoa do destino: "Aquele que tudo perdeu no exato momento em que venceu" só será conhecido após o desenlace da contenda. Foi tudo o que Cerridwen permitiu-nos enxergar.

Armury agradeceu e juntou-se aos soldados, ainda intrigado com a profecia e desconcertado com a maldição. Ele verificou que os corpos transmutados em esqueletos, surpreendentemente, possuíam força e agilidade para empunhar espadas. Envoltos em suas vestes representando cada um dos clãs de Lanshaid, os estranhos soldados seguiam as ordens do príncipe, mesmo com rumores indicando que alguns deles não tinham aceitado o fato de ele ter sido o único poupado pela maldição.

Enid, o primeiro soldado, manteve-se firme no apoio a Armury e conseguiu contornar todas as eventuais ameaças de insubordinação. Mas foi Tilbrok, o sacerdote que, por força de suas palavras, renovou os ânimos dos soldados e sua fé em Armury. Na véspera da grande batalha, Tilbrok disse aos guerreiros que Cerridwen, a deusa da escuridão e da profecia, aparecera-lhe em um sonho. A divindade teria revelado que o príncipe seria o único que poderia quebrar a maldição.

Assim, liderados pelo príncipe Armury, os soldados amaldiçoados, um verdadeiro exército de esqueletos empunhando espadas, lanças e escudos, encurralou, segundo a lenda, a horda de Zefir no desfiladeiro de Urânia. Movidos pela esperança multiplicada pela profecia, atiraram-se contra os oponentes com ferocidade, subjugando os mercenários de Zefir, tingindo de vermelho-sangue o desfiladeiro.

Naquela tarde terrível não foram feitos prisioneiros. Comandados por Enid, os soldados vasculharam o campo de batalha em busca de sobreviventes e os que foram encontrados foram sumariamente executados, um a um, sem misericórdia. Zefir não fora localizado entre seus soldados. Havia desaparecido misteriosamente.

Após desistirem de localizar o feiticeiro, os guerreiros de Lanshaid voltaram-se para o cumprimento da profecia: "O último soldado... A última lâmina".

Espadas levantadas em uma clareira no campo de batalha indicavam o objetivo atingido. Caído ali entre dois esqueletos e cercado por outros doze, um mercenário agonizava. Armury caminhou lentamente até o local que as espadas indicavam. Uma estranha sensação acompanhava cada um de seus passos, nem os gritos de comemoração dos soldados aplacavam a sua alma.

O príncipe chegou ao local e encarou o homem caído ao solo. Mesmo derrotado, o ódio nos olhos do mercenário indicava sua disposição para continuar lutando caso não estivesse seriamente ferido.

— Qual é o seu nome, soldado? – perguntou Armury,

— Meu nome é Maldição e vou acompanhá-lo pelo resto de sua miserável existência – disse o homem.

Armury não esperava palavras tão contundentes proferidas por um soldado à beira da morte.

— Glória ao que tudo perdeu... – balbuciou o moribundo.

Armury empunhou sua espada e desferiu um golpe mortal contra o mercenário. Em seguida, diante dos ansiosos soldados, tomou a espada do inimigo e a quebrou, forçando sua lâmina contra uma rocha. Um clarão eclodiu no desfiladeiro, ofuscando todos os presentes. Centenas de soldados demoraram para entender o que estava acontecendo. Milagrosamente, todos os amaldiçoados haviam voltado ao normal, com a aparência que sempre conheceram.

Entre lágrimas de alegria e regozijo, os gritos dos soldados ecoavam pelo desfiladeiro, multiplicando o fulgor da vitória. Enquanto comemoravam, os homens notaram que Enid não estava festejando. Com o olhar fixo na clareira descobriram, estarrecidos, o motivo: alguém não tinha razões para comemorar. Enquanto todos os esqueletos tinham se transformado em humanos, o príncipe Armury havia se transformado em um esqueleto!

O mais hábil com a espada, o mais ágil cavaleiro e o mais ousado guerreiro. A tríade de qualidades aqui mencionada, tão almejada pelos comandantes das forças militares, sejam eles da Frígia, de Circássia ou de Lanshaid, raramente era encontrada no mesmo indivíduo.

Em Lanshaid, essa glória coube ao clã de K-Tarh, berço de grandes soldados e casa do imperador Haroun El K-Tarh, o Primeiro. Armury, o filho do imperador, desde cedo revelou interesse e habilidades para as práticas de batalha. Sua evolução no combate com espadas, sua facilidade em conduzir um cavalo, além de seu conhecido destemor, que beirava a irresponsabilidade, fizeram com que ele ganhasse sua reputação de guerreiro imbatível, cantada em muitas canções pelos povos da península.

Temendo pela vida de seu primogênito, K-Tarh tentou dissuadi-lo, mas diante das qualidades e da capacidade de liderança do Príncipe, acabou cedendo.

O rei, então, pediu a proteção de Taranis, o deus do trovão, e viu seu filho tornar-se "uma lenda dentro de outra lenda", como dizia o refrão da mais popular canção entoada pelos celtas.

Na primeira grande batalha entre Lanshaid e Circássia, Armury liderou os clãs K-Tarh e Endorian, conquistando vitórias épicas, que conduziram Lanshaid ao controle da região. Durante a tentativa de invasão dos tocarianos, Armury já era o líder de todos os clãs, respeitado e aclamado em uma raríssima unanimidade.

A fama do exército de Lanshaid espalhou-se e a cidadela viveu uma era de paz, no início do período áureo narrado pelos historiadores. Lanshaid cresceu e tornou-se a maior cidadela da península, que recebeu o mesmo nome. Destino de caravanas de mascates e com um porto extremamente requisitado, seu poderio econômico espelhava o poderio bélico.

Os cinco clãs fundadores da cidadela prosperaram e promoveram a evolução artística e científica da região, recebendo artistas, magos e emissários dos mais distantes reinos do planeta.

Foram sete anos de paz e prosperidade até a chegada da Lua de Fogo, a terceira Lua de Ishtar, quando as quatro estrelas místicas alinharam-se no céu de Sucellus.

Após o ataque dos mercenários de Zefir e sua inesperada retirada, a cidadela iniciou um período de festas. Os clãs reuniram-se em cantoria, acompanhada por muitos barris de hidromel, contabilizando, de maneira prematura, uma retumbante vitória.

A nuvem negra que tomou os céus da cidadela intrigou os anciãos, mas foi sumariamente ignorada por uma população feliz e embriagada. Todos foram dormir inebriados pelas aparentes bênçãos dos deuses. Na manhã seguinte vieram o terror e o caos. Ao perceber que alguma estranha magia havia transformado toda a população em esqueletos, o povo de Lanshaid passou a temer o poder do desconhecido Zefir. Alguns chegaram a pensar que a comemoração teria ofendido Morrigan, a deusa da guerra.

Entre gritos de horror e inúteis pedidos de misericórdia, os assustados habitantes da cidadela corriam desnorteados, buscando fugir e esconder-se das terríveis criaturas que eles próprios, inexplicavelmente, tinham se tornado.

Foram muitas horas para o Conselho de Anciãos conseguir reunir soldados em número suficiente para impor a ordem na cidadela. Representantes dos cinco clãs foram localizados e convocados para uma reunião urgente no palácio de K-Tarh. Enquanto avaliavam a terrível crise, a lei marcial foi imposta com o mais rigoroso toque de recolher. O choro dos cidadãos era ouvido atrás de cada porta fechada.

A grande surpresa, entretanto, estava aguardando os conselheiros no palácio imperial: o jovem príncipe Armury não havia sido atingido pela maldição. Armury era o único com a aparência normal em meio a uma legião de esqueletos.

Um silêncio constrangedor tomou conta do grande salão do palácio imperial. Armury e os integrantes do conselho entreolhavam-se em busca de palavras que pudessem lançar um pouco de luz sobre aquela grotesca situação. Paramentado com as vestes reais, o esqueleto que antes fora K-Tarh quebrou o silêncio:

— Como podem ver, senhores, por um estranho desígnio dos deuses, todos fomos transformados em figuras aterradoras, exceto meu filho. A julgar pelo silêncio dos senhores, posso concluir que se encontram tão perplexos quanto eu.

— Sim, majestade – respondeu um dos conselheiros. – Estivemos reunindo soldados e iniciamos o toque de recolher como ordenou. Todos os cidadãos estão enclausurados em suas moradias até segunda ordem. Consultamos as runas e as respostas foram confusas, e apesar de ser uma boa notícia no meio de todo o caos, a situação do príncipe Armury deixa o cenário ainda mais complexo.

— Pelas cores de Endorian suponho que estou falando com Tilbrok. Enquanto durar essa crise precisaremos de símbolos que possam nos identificar – acrescentou K-Tarh.

— Uma interessante observação! – interveio outro conselheiro. – Desprovidos da carne somos todos absurdamente parecidos. Até a voz é tetricamente semelhante... A vida nos separa, enquanto a morte nos iguala!

— Pelo tom filosófico e quase poético, suponho que seja Zardoz dos Belóvacos. – deduziu o imperador. Zardoz respondeu com uma reverência.

— Senhores, alguma ideia sobre a estranha magia que nos atingiu? As runas apontaram algum caminho? Teria Zefir tamanho poder? – perguntou Armury.

— Palavras de maldição e mudança, alteza. Um ciclo que se fecha, outro que se inicia. A queda de Lanshaid por um fio. O regresso à normalidade após o fim de uma saga... Foram as palavras que Cerridwen nos permitiu enxergar – respondeu Tilbrok.

— A queda de Lanshaid? Senhores, nunca colocarei a sabedoria do conselho em dúvida, mas por Toutatis, a queda de Lanshaid jamais se dará sem luta! Ainda que eu tenha que quebrar todos os ossos que me restam! – declarou K-Tarh.

— As runas são atalhos da grande estrada do destino, majestade. Elas mudam de acordo com a velocidade e a inteligência de nossos passos – acrescentou Zardoz.

— Teríamos ofendido os deuses com nossa comemoração? Morrigan não aprova os presunçosos – sugeriu o mais calado dos conselheiros.

— Voughan de Anatólia, o conciso! – exclamou K-Tarh. – Sua predileção por Morrigan o precede. Que a vingança esteja sempre do nosso lado! Não vejo como a comemoração pelo resultado de uma grande batalha possa ter causado algum aborrecimento à deusa!

— São todas conjecturas, majestade, eu confesso – concluiu Voughan. – A última pedra lançada – Ansuz – indica uma viagem urgente rumo a Delfos!

— Delfos? – questionou K-Tarh. – Três dias de viagem! Não vejo possibilidades de enviar emissários ao oráculo na atual condição.

— Faço em dois dias! – interrompeu Armury. – E diante dos fatos sou o único que pode realizar tal tarefa.

O silêncio imperou novamente por longos segundos no grande salão. Contrariado, K-Tarh decretou:

— Nunca consegui mudar os caminhos que Cerridwen lhe abriu meu filho. E, agora, na mais estranha das adversidades, não vejo sabedoria em tentar impedi-lo. Pelo silêncio dos demais entendo que os deuses já fizeram a sua escolha. Precisamos descobrir quais são nossas chances contra a magia de Zefir!

— Prepararei meu cavalo e partirei imediatamente! – exclamou Armury.

Os conselheiros assentiram inclinando as descarnadas cabeças, resignados e preocupados. Entendiam os riscos de enviar o príncipe em tão longínqua jornada sem um séquito de proteção, ainda que ele fosse o mais hábil dos soldados de Lanshaid.

— Mas tenho uma condição! – exclamou K-Tarh após um breve silêncio.

— Estou ouvindo, meu pai.

— Leve Enid com você!

— Não vejo como Enid poderia passar despercebido em sua atual condição já que sou o único...

— Embrulhe-o em seus trajes, coloque um capuz... Enfim, não farei concessões além dessas — determinou o imperador.

Armury silenciou-se. Conhecia o temperamento irredutível do pai e já estava suficientemente impressionado com seu consentimento para ir até Delfos.

— Com sua permissão, senhores. Que as bênçãos de Taranis nos fortaleçam! – despediu-se Armury, retirando-se do grande salão.

No portal de saída, surpreso, o príncipe encontrou Enid já paramentado com as vestes do clã Gantor e utilizando um capuz negro, típico dos rituais aos deuses. Enid já havia selado dois cavalos.

— Você já sabia? – surpreendeu-se Armury.

— Uma das mais notáveis habilidades de seu pai é a de antecipar os desígnios dos deuses – respondeu Enid.

— Pronto para ir a Delfos? Pretendo fazer em dois dias – desafiou o príncipe.

— Por que tão devagar? – gracejou Enid.

Armury ensaiou um sorriso. Manipulando as rédeas de seu cavalo disparou rumo a Delfos, onde consultaria o oráculo no templo de Apolo. Uma grande epopeia estava apenas começando.

O Caminho de Antígona era o mais importante acesso à grande cidadela de Gzansh, o segundo maior reino da Península de Lanshaid. Berço de famosos magos e grandes sacerdotes, Gzansh era, então, governada por Ziegfried de Elgar, o Pacificador, responsável direto pelas históricas negociações de paz que administraram os ânimos entre magia e religião e, também, culminaram no grande acordo entre as duas maiores cidadelas da península.

A partir da proclamação do acordo, magos e feiticeiros deveriam seguir rígidas regras de conduta, enquanto os sacerdotes foram liberados para professarem suas diversas crenças. Gzansh foi, assim, a primeira localidade do planeta a possuir templos de múltiplas religiões coexistindo pacificamente.

Rivais desde os primórdios dos clãs, Lanshaid e Gzansh foram responsáveis pelos maiores embates militares do período pré-áureo, em um grande ciclo de destruições e reconstruções em ambos os domínios.

A história das duas cidadelas começou a mudar quando a rainha Ellora, esposa de Zigfried, engravidou após um longo período de tentativas frustradas. O nascimento da princesa Brígida foi comemorado com uma grande festa que durou 10 dias e, segundo a lenda, tocou o coração do imperador, que passou a empenhar esforços em nome da paz.

O "milagre de Gzansh", como a princesa Brígida ficou conhecida, também foi tema de odes e canções entoados pelos habitantes da península.

No final daquela tarde, a terceira Lua de Irana iluminava o caminho dos poucos viajantes que se aventuravam noite afora. Restavam alguns minutos para o seu apogeu. Naquele exato momento, uma carruagem puxada por quatro cavalos cruzava a estrada levando os animais ao limite de sua resistência. Dentro do veículo, uma aflita princesa acompanhava um velho feiticeiro que se encontrava à beira da morte.

Dias antes, uma estranha praga abatera-se sobre a cidadela após um brilhante e inesperado raio de luz surgir, seguido de um enorme estrondo, causando pânico em todos os arredores.

O clima de horror instaurou-se no momento seguinte, quando os cidadãos de Gzansh descobriram que, por algum estranho e desconhecido fenômeno, haviam ficado cegos. Homens, mulheres e crianças, todos sem distinção de classe, cor ou nível social, encontravam-se na mais absoluta escuridão. Foi preciso muita coragem e presença de espírito dos governantes de Gzansh para conter o desespero imediato que se instalou na cidadela.

Com muita dificuldade, os soldados conseguiram fechar os grandes portões e, após uma reunião, os conselheiros descobriram um lampejo de esperança: a princesa Brígida era a única poupada pela estranha praga: ela não havia ficado cega.

Confusos com a imponderável crise, os governantes decidiram dedicar-se à solução do mistério sem conjecturar sobre os motivos que permitiram que a princesa escapasse incólume. Com as poucas e confusas respostas vindas da religião, buscaram o auxílio na magia. Conduzindo a princesa na interpretação de manuscritos ancestrais, os conselheiros encontraram um pergaminho que registrava os estudos desenvolvidos por um feiticeiro que vivia recluso nas florestas de Tirânia.

No manuscrito, Lothuf de Epidauro descrevia um evento catastrófico que ocorreria nas maiores cidadelas da península, evento esse relacionado à terceira Lua de Irana, contrariando uma profecia que relacionava-o à segunda Lua de Ishtar.

Sem hesitar, prepararam uma carruagem e delegaram à única pessoa que ainda enxergava a responsabilidade de localizar o feiticeiro e conduzi-lo à cidadela. Brígida partiu na companhia de Eathan, um solitário guerreiro que perdera a visão havia vários anos e, portanto, já estava adaptado à difícil situação, além de estar disposto a sacrificar a própria vida pela segurança da princesa.

Conduzindo a carruagem com habilidade, a jovem conseguiu chegar à morada de Lothuf, o feiticeiro, após um longo dia de viagem.

Chegando ao local, Brígida descobriu, para seu desespero, que Lothuf estava muito doente e no fim de sua longa e conturbada existência. Vivendo de maneira modesta em uma antiga choupana, o feiticeiro era cuidado por seu único neto, um tímido garoto de 15 anos de idade.

Ao abrir a porta para os visitantes, o jovem parecia atônito e assustado. Quando permitiu a entrada de Brígida e de seu acompanhante, Lothuf não deixou que se explicassem. Abruptamente, ajeitou-se na cama e, tossindo muito, solicitou que seu neto apanhasse um velho livro na grande estante dos aposentos. Pediu, em seguida, que a princesa Brígida aproximasse-se e indicou-lhe uma página em que havia uma inscrição grafada em um antigo e esquecido dialeto:

— A profecia se cumpriu! Todos estavam errados... Eu sabia! Nunca seria na Lua de Ishtar... Somente a Lua de Irana traria a resposta! – exclamou o feiticeiro entre tosse e tomadas de ar.

— Meus sentidos me enganam ou o senhor estava esperando a nossa chegada? Poderia nos ajudar, grande mago? Nosso reino está na iminência do próprio fim... –suplicou a princesa.

— Esperei 40 anos por este momento! – respondeu Lothuf, esforçando-se para levantar-se de sua cama. – Temos que partir em poucas horas. Vou preparar o ritual. Descansem. Precisaremos chegar em Gzansh antes da hora mágica. Em tempo: levarei Asclépius, meu neto, conosco, nessa jornada. É minha única exigência – concluiu o ancião.

— Como quiser, grande mago! Seremos eternamente gratos! – disse Brígida.

— Infelizmente, não tenho criados para servi-los. Meu neto ajudará. Alimentem os cavalos. Vou preparar a magia.

Enquanto observava seu avô deslocar-se trôpega e lentamente até sua antiga biblioteca, Asclépius serviu pão e vinho para os viajantes e depois levou alimento para os cavalos. Inquieto, sentia que mais uma grande mudança estava aproximando-se. Acostumado a fenômenos inexplicáveis desde muito cedo, ele entendia que seu avô era um importante elo de uma grande corrente que o levaria a descobrir os motivos de todos os grandes enigmas que pontuaram sua curta, mas surpreendente, existência.

Após realizar suas tarefas, Asclépius foi até o avô para tentar entender o que estava ocorrendo.

— Como eles conseguiram chegar até aqui, meu avô? O encantamento falhou? – questionou o jovem, aflito.

— As pedras do destino, Asclépius – explicou o mago. – Observe... Elas mudaram de cor. No exato momento em que isso ocorreu anulei temporariamente o encantamento.

— Sim, agora entendo! – exclamou o rapaz. – Duas delas eram azuis e agora estão vermelhas. Mas a terceira continua escura e sem brilho. Então uma delas pertence à princesa que acabou de chegar, certo? Mas... E as outras?

— Tudo no seu devido tempo! – encerrou o velho feiticeiro enquanto apanhava duas das três pedras que repousavam em uma espécie de altar cerimonial.

Após algumas poucas horas de descanso para os viajantes e para os cavalos, todos tomariam rumo a Gzansh em busca da "hora mágica" determinada pelo adoentado Lothuf, no apogeu da terceira Lua de Irana, quando tentariam quebrar a estranha magia com o uso de outra antiga magia, baseada em raros cristais: as pedras do destino.

No Desfiladeiro de Urânia, a comemoração dos guerreiros de Lanshaid foi diminuindo pouco a pouco, Alguns guerreiros demoraram mais para entender a perplexidade que se abatia sobre os demais. No centro da clareira, próximo ao corpo inerte do último mercenário do exército de Zefir, Armury, em silêncio, observava perplexo as próprias mãos convertidas em ossos e tendões.

Um grande grupo de homens armados com espadas, lanças e escudos silenciava ante o infortúnio de seu líder, recém-transformado em esqueleto.

O poder do desconhecido Zefir começava a impor respeito entre os combatentes. O poderoso príncipe Armury, o melhor dos soldados de Lanshaid, acabava de tornar-se vítima da magia do misterioso feiticeiro.

Ao final da grande batalha, apesar da vitória contra o exército inimigo, a sensação de derrota incomodava intimamente cada um dos guerreiros.

Enid enviou um emissário para relatar os incidentes e preparar o espírito do imperador K-Tarh e dos habitantes de Lanshaid. A recepção ao príncipe seria um misto de alegria e dor. Em silêncio, o exército retornou para a cidadela como num cortejo fúnebre, liderado por um esqueleto montado a cavalo. Enid não tentou consolar o amigo e companheiro de batalha. Não havia o que dizer. O barulho dos passos cadenciados dos guerreiros ecoou por todo o trajeto até Lanshaid, onde um comitê de recepção aguardava os combatentes.

Na cidadela, os habitantes comemoravam a repentina volta à normalidade com o aparente fim da maldição sem, tampouco, conhecerem o infortúnio que se abatera sobre o príncipe Armury. Uma multidão tomou as vias públicas, agradecendo aos deuses pela recuperação de sua costumeira forma humana, e dirigiu-se ao portal principal para recepcionar os guerreiros após a anunciada vitória sobre as forças de Zefir.

Não demorou muito para que o grande revés sofrido por Armury viesse à tona. Os gritos de euforia foram cessando até darem lugar a um silêncio consternado. Ao entrarem, cabisbaixos, pelo portal principal, os guerreiros foram saudados por uma respeitosa salva de palmas pouco usual nas comemorações de Lanshaid.

Reunidos, os conselheiros aguardaram a aproximação de Armury, que adentrou o castelo em silêncio. K-Tarh, muito abalado, acenou para o grande público e seguiu em direção ao príncipe, acompanhado por Enid e pelos conselheiros. Muitas decisões precisavam ser tomadas para tentar suplantar a sensação de impotência diante da suposta magia de Zefir, um mago oriundo das sombras, desconhecido em toda a península, sem registros em quaisquer pergaminhos, sem recursos financeiros conhecidos, capaz de organizar um exército de mercenários e deixá-los serem massacrados sem pestanejar. Um nome que começava a ganhar notoriedade pela frieza e pela capacidade de continuar oculto no anonimato.

As notícias a respeito do misterioso feiticeiro continuariam a assustar os habitantes da península, unindo as outrora rivais Lanshaid e Gzansh em uma intrincada teia do destino. Os dias cinzentos estavam apenas começando.

Na praça central de Gzansh, um pequeno grupo de pessoas acompanhava o ritual realizado por um velho mago. Lothuf de Epidauro proferia frases místicas em um antigo e esquecido dialeto, amparado por seu neto, Asclépius, e auxiliado pela princesa Brígida, que segurava um velho livro aberto na página escolhida pelo mago.

Elevando um bastão de madeira de castanheiro cujo topo exibia um fragmento de uma raríssima pedra do destino, Lothuf consumia toda sua pouca energia sustentando-se em pé e recitando desconhecidas palavras mágicas.

Aos poucos, a luminosidade da pedra foi aumentando até iluminar todo o obelisco.

Repentinamente, um grande clarão tomou conta do local, como se um enorme globo de luz tivesse se fragmentado sobre a cidadela. Dentro das casas, gritos de euforia imediatamente tomaram o ar, vindos de todas as direções, misturados com preces de agradecimento aos deuses. A magia de Lothuf tinha surtido efeito.

O velho feiticeiro sentou-se à beira do obelisco, satisfeito com o resultado do ritual, mas algo estava errado. Ao perceber que a princesa Brígida tentava equilibrar-se apoiando-se em Asclépius, o mago deduziu imediatamente:

— Pelos deuses! Você está cega! – exclamou, perplexo.

— Sim, grande mago. Só vejo escuridão.

— Asclépius, ajude a princesa. Depois volte para ajudar seu velho avô. Temos muito a fazer e sinto que em breve não estarei mais entre vós – lamentou Lothuf.

— Não fale assim, meu avô! Sabe que sempre o ajudarei! – respondeu o rapaz enquanto auxiliava Brígida caminhar.

— Temos muitas decisões a tomar. Sinto que serei forçado a exigir demais de você. Outra longa jornada está chegando.

Os dias seguiram tensos e tumultuados nos domínios de Lanshaid após o desfecho da batalha contra as forças de Zefir. Todos os habitantes prepararam-se para um novo ataque das forças do misterioso feiticeiro, o que, estranhamente, não ocorreu.

O imperador K-Tarh acreditava que, diante do grande revés que sofrera, o feiticeiro estivesse com dificuldades para arregimentar novas tropas. Com a calmaria, os conselheiros reuniam-se dia após dia em busca de soluções para o enigma da maldição que atingira o príncipe Armury.

Com o tempo, o adorado líder e orgulho dos cidadãos começou a sentir o peso da grotesca metamorfose. Não podia surgir em público sem que sua aparência causasse pânico entre os moradores da cidadela. Isolou-se no castelo e passava dias trancado na grande biblioteca.

Viajantes chegavam vindos de todos os reinos conhecidos, trazendo livros e pergaminhos místicos adquiridos pelo imperador. Magos e druidas foram consultados, emissários viajaram para muitos e muitos reinos, onde quer que houvesse um fio de esperança. Curandeiros surgiam de tempos em tempos prometendo cura e solução para o grande mistério. Vários representantes foram enviados a Delfos para consultar a Pitonisa e todos retornaram com a mesma resposta: "A última lâmina partida do último soldado de Zefir, quebrará a magia".

O destino do príncipe parecia perdido no meio de um grande e sombrio labirinto. A identidade e a localização de Zefir continuavam sendo grandes mistérios. Afastado de suas atividades militares, Armury deixara o exército de Lanshaid sob comando de Enid, que viu o moral da tropa decair bruscamente após a ausência do príncipe. Animados com os boatos da derrocada do grande guerreiro, os inimigos da cidadela organizaram novos ataques.

Na quarta Lua de Astarte, os tocarianos atacaram. Depois de sangrenta batalha, foram repelidos pelos guerreiros liderados por Enid, mas com um grande e inesperado número de baixas.

Em seguida, os circassianos empreenderam nova incursão contra Lanshaid, também movidos pelos rumores do enfraquecimento de sua tropa. Dois dias de combates, centenas de mortos e mais um grande problema para Lanshaid: apesar da nova vitória contra Circássia, Enid, o substituto de Armury, sofrera um grave e incapacitante ferimento.

O imperador K-Tarh estava dividido entre administrar o caos imposto pelas invasões inimigas e as buscas pela quebra da maldição que atingira seu primogênito. Agora, com a queda de Enid, o rei começou a avaliar a necessidade de retornar, ele próprio, para o campo de batalha, mesmo diante dos protestos dos conselheiros.

Nesse meio tempo, Armury dedicava-se a folhear livros antigos e vasculhar pergaminhos obscuros. Cada vez mais calado e arredio, evitava o contato inclusive com os serviçais do palácio. Mesmo a turbulência e os ataques rotineiros às muralhas da cidadela não despertavam a atenção ou provocavam qualquer reação do príncipe. Em algumas noites, o castelo era despertado com o som de objetos sendo violentamente quebrados na biblioteca. A ausência de respostas e a limitação de fontes de pesquisa começaram a enfurecer o príncipe amaldiçoado. Então, atendendo aos seus pedidos, artesãos de Lanshaid costuraram uma indumentária inédita.

Composta por envoltórios para pernas, braços e tórax, além de luvas e capuz, as peças, rascunhadas pelo próprio Armury, escondiam totalmente o seu corpo transformado em esqueleto. Para os pés, o melhor sapateiro de Lanshaid, Arcturo Bothas, confeccionou calçados que protegeriam as pernas do príncipe do joelho para baixo e que ganhariam fama e receberiam o nome de seu criador – Bothas.

Escondendo o rosto descarnado com uma máscara negra, Armury passou a sair da cidadela para buscar respostas em mosteiros e bibliotecas afastadas de Lanshaid.

Em pouco tempo, histórias sobre uma assustadora criatura, um cavaleiro fantasma, começaram a ser contadas por toda a península. Impotente diante dos fatos, K-Tarh entregou o destino de seu filho nas mãos dos deuses, delegando aos conselheiros a busca incessante pela quebra da maldição.

Os conselheiros não mediram esforços, mas o enigma da identidade de Zefir, sua motivação e seu propósito deixavam o cenário nebuloso e imperscrutável.

Certa noite, quando a segunda Lua de Camus brilhava no céu, Armury deixou o castelo montado em Árion, seu cavalo, companheiro de tantas batalhas, e não voltou. Absortos nas buscas pela quebra da maldição, os conselheiros não perceberam a profunda mudança de comportamento do príncipe.

K-Tarh reparou que o filho havia deixado a espada sobre a grande mesa da biblioteca. Ele saíra desarmado. O imperador aguardou o retorno de Armury por dois longos dias. Aflito, enviou grupos de busca por toda a península, preparando-se para o pior, mas nenhum deles conseguiu localizar o príncipe.

O desaparecimento de Armury somava-se às grandes provações que o imperador de Lanshaid teria que passar até a grande revelação que estava por vir.

A corte real de Gzansh estava toda reunida no imponente palácio de mármore, sede do governo. Sacerdotes, curandeiros e conselheiros debatiam sobre o mistério da cegueira repentina da princesa Brígida e sobre as possíveis opções de cura.

A rainha Ellora estava inconsolável. Brígida demonstrava muita presença de espírito e serenidade mesmo diante do grande problema que enfrentava. Acomodado em um dos grandes dormitórios do palácio, Lothuf era atendido por um curandeiro, chamado às pressas para a ocasião. Em silêncio e sensivelmente abalado, Asclépius observava o acentuamento da debilidade física de seu avô ciente de que poderia ajudá-lo, mas preso à promessa que fizera ao velho feiticeiro. Quando o homem terminou sua avaliação, orientou o paciente a repousar:

— Agradeço sua boa intenção, senhor curandeiro, mas em breve terei tempo de sobra para descansar... eternamente – ironizou Lothuf.

— Vou lhe receitar unguentos e banhos de imersão.

O curandeiro saiu dos aposentos, deixando Asclépius e Lothuf a sós. Imediatamente, o velho feiticeiro pediu que o neto convocasse a princesa Brígida e a família real. O rei Ziegfried, a rainha Ellora e Brígida atenderam-no prontamente, ansiosos com uma possível solução para a cegueira repentina da princesa.

— Antes de qualquer coisa quero agradecer em nome do povo de Gzansh pelos seus valiosos préstimos, ó grande mago – declarou o rei. – Tenho fé de que a cegueira de minha filha terá um desfecho adequado com sua preciosa orientação.

— Por favor, não me agradeça, majestade. Creio que todos somos vítimas das ações de um presunçoso feiticeiro que tive o desprazer de conhecer décadas atrás. O tempo é nosso inimigo neste momento. Toda essa crise diz respeito diretamente à vossa majestade e à princesa Brígida e, se meus conhecimentos estiverem corretos, mais uma pessoa importante está envolvida nessa trama.

— Por favor, grande mago... Existe solução para a cegueira da minha filha? – suplicou a rainha Ellora.

— Minha partida deste mundo está próxima. Por favor, deixem-me narrar todos os fatos. Creiam, é crucial e também um esforço muito grande.

— Não vamos interrompê-lo – disse o rei.

Lothuf reuniu o resto de suas forças e começou a contar sua estória:

— Houve um tempo em que a magia era reverenciada como a mais importante e poderosa manifestação da capacidade humana. Magos e feiticeiros eram respeitados e temidos. Muito antes do advento dos prosaicos unguentos e banhos de imersão, a magia oferecia soluções verdadeiras para doenças, maldições, pragas e toda sorte de ameaças. Mas um poder tão avassalador e reservado para poucos iniciados acabou gerando temor, ódio e cobiça, inevitavelmente. Soberanos de diversos reinos ousaram convocar magos ambiciosos numa tentativa de aumentar o poderio de suas forças. Em contrapartida outros soberanos passaram a temer e a execrar a magia como uma temível ameaça ao seu poderio e sua liderança.

Em verdade, houve um tempo em que os magos eram mais respeitados e temidos do que os próprios reis, mas isso mudou. O mundo viu surgir uma nova era com o nascimento da princesa Brígida e o advento do acordo de paz entre Gzansh e Lanshaid.

Diante da nova ordem que se iniciava, sacerdotes ocuparam o púlpito ao passo que magos e feiticeiros que não se adaptaram foram afastados e degredados. Assim, alguns sacerdotes, patrocinados por monarcas temerosos, iniciaram uma grande "caça às bruxas", lançando diversos praticantes de magia no submundo e na clandestinidade.

Lothuf narrava a história intercalando períodos de pausa para recuperar o fôlego.

— Muitos foram os que procuraram a magia, mas poucos os que atravessaram a ponte entre o mundo real e o mundo mágico. Aliás, o termo "mundo real" originou-se das determinações de alguns soberanos, que estabeleciam em que o povo deveria ou não acreditar. A partir de então só seria "real" o que o rei determinasse. Os verdadeiros praticantes da magia já previam esse desdobramento natural no qual a humanidade, reconhecida por recear o desconhecido, passaria a temer a hermética magia e os seus estranhos praticantes.

Mas um ou outro mago não aceitou pacificamente a mudança. Entre eles estava Ischys. Ischys de Lapith.

— Lapith? – perguntou o imperador. – Tivemos um Ampycus de Lapith aqui em Gzansh. Alguma relação?

— Ampycus, um nome que não ouvia há muitos anos! – respondeu Lothuf. – O vidente, um dos grandes entusiastas da magia das sombras. Mais um a defender que a magia aproximar-nos-ia dos deuses. Ampycus era irmão de Ischys.

— Como poderia esquecer! – concluiu o rei Ziegfried. – Ele liderou um movimento de magos contra o tratado de paz. Não devia ser um mago muito bom, afinal, morreu nas masmorras.

— Como eu disse, a magia das sombras cobra um preço muito alto do feiticeiro. Este pode ter sido o preço pago por Ampycus: morrer sem possibilidade de fuga numa reles masmorra.

— Ischys de Lapith... Jamais ouvi falar de tal mago. E isso é muito raro, uma vez que recebemos magos de todos os reinos conhecidos – acrescentou o rei.

— Ischys iniciou-se tardiamente no caminho da magia. Ele sempre caminhou pelas sombras e repudiava os magos que endossavam o acordo de paz e o código de conduta. Sua evolução no mundo da magia foi extremamente prejudicada por essas medidas. Ele buscara aproximar-se dos poderosos reinos da península, orientando soberanos incautos a entrarem em confronto com outros reinos baseados na falsa premissa de vitória garantida pelo seu suposto poder. Foi assim com Firmino, o Breve, de Circássia, e com Oren, o Ruivo, de Tocaria. Lothuf recostou-se e pediu um pouco de água. Asclépius atendeu-lhe e enxugou o suor em sua fronte.

— Mas o poder de Ischys era grosseiro, apesar de suficientemente bom para impressionar os incautos. Presunçoso, ele acreditava que havia assimilado o bastante em sua iniciação no mundo da magia. Entretanto a magia é rigorosa e seletiva. O que os não iniciados denominam como "magia branca" ou "magia negra" nunca existiu. A magia é baseada em luz ou escuridão e a escuridão nada mais é do que a ausência da luz. A luz se apaga naqueles que desviam do caminho do bem, dessa forma, os feiticeiros praticantes de magia em proveito próprio ou para prejudicar o semelhante seguem trilhas escuras e extremamente exigentes. Cada ato de magia das sombras cobra um preço muito alto do feiticeiro. Eu sei. Já senti isso na pele.

Ischys, assim como seu irmão, não aceitou o acordo de paz que retirou a magia do centro dos palácios e tornou-a proscrita, relegada aos becos e choupanas perdidas na floresta ou aos espetáculos medíocres preparados para entreter a nobreza. Ele aliou-se a governantes mais facilmente impressionáveis e conseguiu convencê-los a participarem de seus planos ambiciosos. Mas os fracos resultados acabaram fazendo com que caísse em descrédito. Banido da península, Ischys esteve desaparecido por muitos anos e suponho que, agora, sei o que andou fazendo.

Bruxos e feiticeiros possuem seu próprio repertório de crenças e lendas. Uma das mais populares refere-se a um poderoso pergaminho perdido: o pergaminho das sete maldições.

Atribuído a Ábaris, o Aeróbata, sumo sacerdote de Apolo, um feiticeiro lendário que possuía o poder da adivinhação, o relicário possuiria a descrição de sete terríveis encantamentos capazes de atingir populações inteiras simultaneamente. Entendam, a magia emana do iniciado por meio de gestos, palavras ou anteparos, como um bastão ou varinha, por exemplo. Isso exige concentração e foco. Além da aptidão natural é preciso muito esforço e treinamento para conseguir envolver grupos de pessoas em um encantamento. Até mesmo magos lendários tinham um limite de alcance e de abrangência para o seu poder.

Para atingir toda uma população somente um grande e raro sortilégio teria esse poder e desconheço qualquer mago vivo capaz de controlar seus desdobramentos.

Lothuf desfaleceu. A fraqueza que anunciava a chegada de sua morte alarmou Asclépius, que se apressou em socorrê-lo. O rapaz segurou a mão direita do velho mago, na qual uma luz suavemente azulada brilhou por alguns instantes.

— Um pouco mais para sua conclusão, meu avô – murmurou o garoto.

— Obrigado, Asclépius, mas você já tem problemas demais para resolver.

Parcialmente refeito, Lothuf retomou sua narração para uma pequena, mas impressionada plateia:

— Como podem ver, meu neto possui um maravilhoso e cobiçado poder: ele tem o dom da cura. Se eu permitisse ele me faria viver por mais cem, duzentos anos. De fato, os últimos 15 anos foram um presente que Asclépius me deu. Entretanto cada vez que ele remove alguém dos braços da morte acaba por gerar a ira de entidades poderosas que estão à sua procura. Asclépius é filho da minha filha Corônis. Veio morar comigo após a trágica morte dela justamente para que eu o protegesse da cobiça humana.

— Meus sentimentos pela sua filha, grande mago. Que Sucellus a tenha recebido em seu reino! Mas sem ousar parecer insensível, esse milagroso poder não pode curar minha filha? – implorou Ellora.

— Infelizmente, Asclépius não tem poder sobre magia, apenas sobre enfermidades, por mais graves que sejam – explicou Lothuf. – Acredite, ele já tentou. E sempre questiona a validade do próprio dom quando não pode interferir. Cada vez que essa luz azul brilha nas mãos do meu neto acende-se um farol que pode revelar o caminho para que seus inimigos o localizem.

Lothuf agradeceu o amparo de Asclépius e prosseguiu com a narrativa:

— Como estava dizendo, a limitação do alcance da magia, seja ela de luz ou das sombras, sempre foi um mecanismo imperscrutável de controle dos próprios praticantes dela, um código para que não ousássemos ultrapassar os limites que nos separavam dos deuses. O pergaminho das sete maldições teria a descrição da fórmula, uma chave para magias terríveis, com poder e alcance jamais vistos.

Segundo a lenda, ao perceber o que tinha em mãos, o próprio Ábaris temeu pela ruptura da ordem entre os povos deste mundo. Mas ao tentar destruir o pergaminho, viu que alguma misteriosa força o impedia. Não era possível rasgá-lo ou incinerá-lo. A lenda diz que até mesmo as lavas do Vesúvio foram inúteis. Sem outra opção, Ábaris decidiu esconder o pergaminho em um local afastado dos humanos, especialmente dos magos.

Alguns magos se divertiam contando essa lenda, outros, no entanto, acreditaram na possibilidade de encontrar o local escolhido por Ábaris para esconder o pergaminho. Ischys de Lapith era um deles. Lembro-me de ouvi-lo enumerando com entusiasmo as maldições supostamente contidas no relicário:

A Chuva de Fogo: Ignis et Pluvia Ignea.

A Petrificação: Conversas est Lapis.

A Praga das Serpentes: Pestilentiae Serpentum.

A Invasão dos Dragões: Incursio Draconum.

A Maldição do Esqueleto: Et Maledicite Ossa.

A Nuvem de Cegueira: Nubes Caecitas.

As Línguas Desconhecidas: Linguis Ignotis.

Nesse ponto da narrativa, o rei Ziegfried levantou-se e demonstrou certa agitação. Sua expressão revelava que a história contada por Lothuf começava a fazer sentido:

— Percebo que começa a entender a gravidade da situação, majestade! – concluiu o velho feiticeiro.

— Línguas desconhecidas... Ouvimos rumores de uma estranha praga que assolou os habitantes do Reino de Shinar. Por alguma razão, as pessoas passaram a falar línguas desconhecidas e nunca mais se entenderam – explicou o rei.

— Exatamente – concordou Lothuf. – No local onde erigiram o Etemenanki, também conhecido como "A Torre de Babel". Mas alguns sacerdotes atribuíram o mistério à fúria dos deuses, afinal, planejavam erguer uma torre que alcançasse os céus!

— E a chuva de fogo? – questionou Brígida, que ouvia a tudo em silêncio. – Teria relação com o ocorrido em Balcária?

— Temo que sim, minha cara – respondeu o mago. – Uma surpreendente chuva de fogo destruiu a região, dizimando centenas de pessoas.

— E houve aquele incidente no Vale de Sirim! – lembrou-se a rainha Ellora. –Uma horrível invasão de serpentes venenosas!

— E agora, aqui em Gzansh, essa "nuvem de cegueira"! Então esse mago, Ischys de Lapith, teria localizado o pergaminho das sete maldições? – perguntou o imperador.

— Encontrado? Possivelmente. Teria utilizado? Provavelmente. Agora... Estaria controlando-o? Dificilmente. Ativar o poder do pergaminho das sete maldições é uma irresponsabilidade digna dos tolos. E Ischys seria capaz de tamanha irresponsabilidade. Creio que vossa majestade já tenha ouvido mais sobre a proezas dele do que gostaria – comentou Lothuf. — Afinal, Ischys de Lapith é o verdadeiro nome daquele que, hoje, é conhecido como Zefir, o Terrível!

O Mosteiro de Dea Matrona possuía uma das maiores e mais antigas bibliotecas de toda a península. Isolado no caminho de acesso às florestas de Tirânia, era administrado por monges gaélicos e havia sido erguido em devoção à "divina deusa mãe".

Nos fundos do mosteiro repousava um cemitério destinado aos monges e seguidores de sua crença, protegido por um imponente carvalho centenário. O acesso por ali seria menos arriscado, uma vez que pouquíssimos aventureiros ousariam invadir um cemitério tão tarde da noite. A escuridão serviria de proteção para o cavaleiro solitário, que se atrevia a invadir o mosteiro adormecido.

O enorme pavilhão da biblioteca havia sido construído em uma área afastada dos dormitórios, facilitando uma invasão despercebida como o invasor planejava.

Os milhares de volumes de ciência e literatura nos mais diversos idiomas não despertavam o interesse do invasor. Somente os livros e pergaminhos dedicados à magia e ocultismo atraíam-no.

À tênue luz de uma vela, Armury buscava em escritos antigos alguma informação que pudesse dar-lhe esperanças de recuperar sua aparência humana. A madrugada corria rapidamente de encontro ao alvorecer. O príncipe, que não sentia mais sono, sede ou fome após a maldição, dedicava-se obcecadamente à busca de uma improvável cura.

Disposto a levar a sua busca às últimas consequências, Armury não via mais motivos para retornar para Lanshaid. Mesmo entendendo o sofrimento de seu pai, calculou que sua presença seria, antes, um incômodo para todos os cidadãos.

Observar as expressões de horror e ouvir o choro de crianças diante de sua presença não era uma rotina agradável. Os lapsos de memória também começavam a preocupar o príncipe. Sua mente começou a ficar ofuscada, como se sua existência pregressa estivesse sendo apagada pouco a pouco. Diante da possibilidade de perder a própria identidade e tornar-se um morto-vivo definitivamente, Armury decidiu ampliar seu campo de busca e dedicar-se exclusivamente ao mistério.

Enquanto divagava sobre as próprias decisões, Armury sentiu uma presença. Intrigado, percebeu uma silhueta que caminhava lentamente entre as muitas estantes de madeira repletas de volumes. O príncipe tomou em mãos um candeeiro e iluminou o lugar para onde a sombra caminhava. Mas não havia ninguém ali.

Ao afastar a luz da vela, percebeu que a silhueta surgiu novamente. Era como um ancião utilizando um estranho tipo de chapéu. Armury largou o candeeiro e caminhou em direção à imagem sobrenatural.

Ao alcançar o local percebeu que, de fato, não havia ninguém ali. Desconfiado, resolveu voltar aos livros que havia escolhido quando, misteriosamente, um pesado volume caiu da estante aos seus pés.

Confuso, o príncipe olhou a sua volta para confirmar que estava realmente sozinho naquela imensa biblioteca. Recolheu o livro do chão e passou a analisá-lo. Tratava-se de um pesado livro grego, exemplar único e escrito à mão, como a maioria dos exemplares ali guardados.

O volume narrava a história de Ábaris, o Aeróbata, um antigo mago. Ao chegar na página que continha a descrição de um poderoso pergaminho das sete maldições, Armury deteve-se no trecho em que o autor detalhava uma antiga praga, ali denominada "A Maldição do Esqueleto".

O pergaminho listava outras maldições, que ativaram a memória do príncipe: A "Chuva de Fogo" e "As Línguas Desconhecidas" ali descritas foram temas de debates e argumentações por parte de seu pai junto ao Conselho de Anciãos.

Armury ainda conseguia lembrar-se dos estranhos eventos ocorridos no distante Reino de Shinar e na Balcária. Somando-se os fatos à sua atual condição após livrar os habitantes de Lanshaid de sua horrenda transformação "quebrando a última lâmina", a história ali descrita fazia muito sentido.

Armury pegou o livro e decidiu regressar a Lanshaid. Com o auxílio dos conselheiros, talvez conseguisse buscar mais pistas sobre o lendário pergaminho das sete maldições.

Pouco depois, ele escutou passos no corredor principal e percebeu uma luz tremulante aproximando-se. Um monge, que fazia a ronda noturna, desmaiou quando se deparou com a imagem cadavérica do príncipe saindo da biblioteca.

Armury quase teve vontade de rir. Ele tinha pressa. Levaria dois dias para retornar a Lanshaid. A lenda do fantasma da biblioteca do Mosteiro de Dea Matrona seria narrada durante décadas após essa noite.

— Zefir? O mesmo Zefir que anda saqueando toda a península? – indagou o rei Ziegfried, extremamente surpreso.

— Ele mesmo, majestade. Ischys de Lapith utiliza um pseudônimo, um artifício comum entre os iniciados mais presunçosos e espalhafatosos. De fato, o nome Zefir impõe, digamos, mais respeito do que Ischys. Ao ludibriar soberanos mais suscetíveis, ele conseguiu organizar um exército de mercenários e desertores, prometendo-lhes riquezas e glória. Para os guerreiros que estavam acostumados a colocarem o próprio pescoço em risco por monarcas desajustados, lutar sob as ordens de um mago, ainda que obscuro, pode ter parecido uma espécie de ascensão profissional.

— As histórias que contam sobre esse Zefir são assustadoras. Mas seus ataques têm sido desorganizados e até previsíveis – comentou Ziegfried. – Localidades menores sofreram perdas mais efetivas para esses guerreiros que parecem um bando de gafanhotos sem liderança.

— Sim, acredito! – interrompeu Lothuf. – Mas isso começou a mudar na terceira Lua de Irana, como eu calculei. Meus estudos da trilha mística conduziram a uma antiga profecia celta que versava sobre um período de sofrimento e trevas para os povos da península. A profecia, escrita em um antigo dialeto, tinha símbolos confusos e de duplo sentido. Ao encontrarem esse meu pequeno tratado, vocês chegaram até mim, eu presumo. Quando a princesa Brígida apareceu em minha choupana, eu deduzi imediatamente: a profecia estaria se cumprindo: "Na trigésima Lua do céu de Sucellus, na terra dos guerreiros do Norte, a noite será eterna; na terra dos guerreiros do Sul, a carne os abandonará. A última lâmina partida quebrará a maldição. Glória ao que tudo perdeu no exato momento em que venceu".

Agora, diante da possibilidade de Ischys, ou Zefir, ter localizado o per-gaminho das sete maldições, a reinterpretação da profecia exige a participação de um especialista, fluente em linguagens antigas, alguém com grau elevado no mundo da magia apesar de afastado da trilha mística há muitos anos.

— E quem seria esse sábio, grande mago? – indagou a rainha Ellora.

— Trata-se de um membro do Conselho de Anciãos de Lanshaid. Um mago que, apesar de extremamente poderoso, abandonou a trilha mística e ajustou-se aos novos tempos, pós-tratado de paz. Tilbrok, procurem Tilbrok de Endorian. A solução para o enigma passa por essa união de destinos entre Gzansh e Lanshaid, a terra dos guerreiros do Sul.

— "A carne os abandonará"... Seria a fome ou algo assim? "Onde a noite será eterna...". Estarei condenada à cegueira definitiva? – questionou a princesa Brígida.

— Todo destino é errado quando não se sabe para onde vai, princesa. Talvez Tilbrok possa lançar luz onde só vi escuridão, assim como em sua atual escuridão você consiga enxergar o que muitos estarão em busca desesperadamente e bem debaixo dos próprios narizes – concluiu Lothuf, enigmaticamente.

— Tilbrok de Endorian... – murmurou o rei Ziegfried. – Teremos que fazer uma visita ao imperador K-Tarh, em Lanshaid.

— E urgente! – completou o mago. – Minha hora está chegando, majestade. – Por favor, façam com que meu neto encontre proteção até regressar para Tessália. Quíron, um grande amigo meu, cuidará da educação dele. Mesmo com o auxílio poderoso de Asclépius, minha condição física não me permite mais zelar pela segurança dele. No fim, só resta um velho decadente colocando a vida de um garoto em constante perigo. Nunca fui um pai exemplar, mas quero deixar este mundo sendo um avô razoável.

— Quíron, o lendário centauro? Grande tutor de heróis e dos maiores filósofos? – Surpreendeu-se Ziegfried.

— O próprio, majestade! – respondeu Lothuf.

— Um belo destino aponta para o futuro de seu neto, Lothuf! Terei imenso prazer em atender ao seu pedido! – concluiu o rei.

— Não quer mesmo que eu intervenha? É a sua palavra final, meu avô? – perguntou Asclépius, entristecido.

— Você já me ofertou muito mais do que mereço, meu menino de luz. É hora de encontrar o barqueiro – disse o mago.

— Entendo e respeito sua decisão, grande mago. Seu neto será nosso hóspede e seguirá em segurança até a Tessália. Eu lhe prometo! – garantiu o rei.

Lothuf adormeceu no exato momento em que um corvo surgiu na grande janela diante da confortável cama em que repousava. Asclépius deixou seu avô no grande dormitório sabendo que o velho feiticeiro não se levantaria mais.

Os últimos anos tinham sido muito atribulados para o rapaz, desde sua passagem por Epidauro, onde havia curado o rei Ascles de uma grave doença nos olhos. Para o rapaz, a lembrança desse episódio era muito triste. Preferiria mil vezes não ter curado o tirano e ter o poder, agora, de livrar a princesa Brígida de sua cegueira,

A trágica morte de Corônis, sua mãe, era um dos assuntos proibidos pelo avô. O fato de Corônis ter sido criada como filha pelo rei Flégias, da

Tessália, deixava seu passado ainda mais nebuloso. Lothuf dizia sempre que não tinha sido um bom pai, mas que se mataria para ser um bom avô. E foi. O mago ensinou Asclépius a conter sua ansiedade, iniciou-o na interpretação de profecias, ajudou o rapaz a reconhecer e utilizar plantas medicinais e manteve-o a salvo dos inimigos. Na verdade, Lothuf era a única família que Asclépius conheceu.

Entretanto Lothuf já era um homem idoso quando Asclépius nasceu. Se não fosse a intervenção do rapaz e seu dom divino, o velho feiticeiro já teria partido na barca de Caronte há 15 anos. E Lothuf não foi o único a ser beneficiado pelo poder do rapaz. Durante suas constantes mudanças de residência, Asclépius aliviou o sofrimento de diversas pessoas e acabou irritando algumas entidades sobrenaturais com seu poder de cura.

Caronte, o barqueiro do inferno, irritou-se por ver diminuir o número de passageiros que cruzavam o Estige e o Aqueronte rumo ao reino dos mortos. O próprio Zeus, o deus supremo dos gregos, passou a entender como desafiadora e presunçosa sua atitude ao salvar das mãos da terrível ceifadora pessoas desenganadas.

Avisado por seu grande amigo Quíron, Lothuf tomou conhecimento de que Tisífone, Megera e Alecto, as terríveis erínias, estariam à procura de Asclépius a mando de Hades, o deus dos infernos. Por esse motivo, Lothuf impedira que Asclépius saísse da choupana e utilizasse seu dom de cura nos últimos anos, já que sua luz azul serviria de farol para as terríveis criaturas aladas. Com um antigo encantamento, o mago manteve a choupana escondida de todos, nos arredores da floresta de Tirânia.

Asclépius estava, agora, preparando-se para cumprir a última determinação de seu avô. Lothuf orientara o rapaz para que, após o seu falecimento, seu corpo fosse cremado em uma pira e suas cinzas levadas para Tessália pelo neto.

— É imperativo que você cumpra essa minha última determinação, meu rapaz. Somente assim poderei descansar em paz. É um ritual comum e tradicional em Gzansh. Tenho certeza de que o rei Ziegfried não se oporá. – Foram as palavras do mago.

Lothuf morreu momentos depois, abraçado ao seu velho livro, no qual estava registrada sua interpretação da antiga profecia que o levara até Gzansh, a grande Terra do Norte.

Dentro do livro, o mago deixara uma carta para auxiliar Asclépius nos próximos passos de sua jornada.

Armury estava cavalgando havia muitas horas. Ele decidiu fazer uma parada para que Árion descansasse uma vez que, em sua atual condição, o príncipe não sentia cansaço algum. Ele encontrou uma pequena nascente à beira da estrada e deixou que o animal bebesse água e se alimentasse.

A terceira Lua de Irana já estava em ciclo descendente no céu de Sucellus. A estrada escura e deserta despertaria o temor em qualquer aventureiro que se atrevesse a cavalgar madrugada adentro. Mas Armury não sentia medo. Ele não sentia mais nada.

O barulho de tropel de cavalos aproximando-se deixou-o alerta. Oculto em meio a arbustos, o príncipe pôde observar a chegada de quatro desconhecidos em suas montarias. Os homens carregavam um pesado e desajeitado pacote enrolado em um tecido surrado. Eles desceram de seus cavalos, procuraram um canto do terreno escolhido e começaram a cavar.

"Um cadáver. Horário estranho para um sepultamento", pensou Armury.

Árion ficou agitado. Antes que Armury pudesse tentar acalmá-lo, os desconhecidos ouviram seu relinchar. O príncipe aproximou-se dele, mas não teve tempo de montá-lo. Estava cercado pelos estranhos, nada amistosos:

— Que diabos temos aqui? – perguntou um deles. – Só uma alma penada se atreveria a enfrentar essas plagas, além de nós, é claro!

— Deve ser um passageiro atrasado para a barca de Caronte! – disse o segundo homem, fazendo os demais rirem. – Por que não o ajudamos a encontrar o caminho?

De costas para seus oponentes, Armury não demonstrou reação e sequer abriu a boca. Ele já imaginava o que viria a seguir:

— Perdeu a língua, seu bastardo? Vire-se e morra como homem! – ordenou o provável líder do bando.

Armury retirou a máscara e o capuz. Ao virar-se lentamente para encarar seus agressores, o resultado foi o esperado: quatro homens desesperados, correndo e gritando por socorro. A face da morte estampada em Armury era um idioma universal. Se você encontrar-se com um esqueleto que caminha em plena madrugada, numa estrada deserta, e não estiver sonhando, corra até não mais poder.

Os quatro desconhecidos montaram em seus cavalos e dispararam em fuga. Um deles pendurou-se na montaria agarrado à lateral do animal e acabou caindo. Levantou-se sem olhar para trás e correu com as próprias pernas, gritando por socorro o restante do caminho, até sumir do campo de visão de Armury.

Ao notar que não retornariam, Armury decidiu averiguar o que estavam tramando. Chegou ao trecho do terreno onde os desconhecidos tinham cavado e desenrolou o sugestivo pacote. Era mesmo um corpo e já em decomposição. Armury pensou reconhecer o morto, mas não conseguia lembrar-se de onde. O péssimo estado do cadáver não ajudava. Junto ao corpo havia uma espada, o estilo do entalhe do cabo e do guarda-mão chamou a sua atenção.

Ainda no cabo, em baixo relevo, havia uma palavra gravada: "Katára". Só então percebeu que havia deixado a própria espada em Lanshaid. Então Armury decidiu levar consigo a lâmina do desconhecido, afinal, ele não precisaria mais dela mesmo. Ele caminhou de encontro a Árion, mas quando ia montá-lo, hesitou. Alguma coisa estava incomodando-o. Virou-se para o cadáver insepulto e contemplou-o por alguns instantes.

Quem seria aquele homem? Onde teria encontrado com ele em vida? Armury inseriu a espada na bainha de sua sela e voltou para a beira da cova. Fechou o corpo em sua singela mortalha e colocou-o naquela cova rasa. Armury sepultou o desconhecido. Então o príncipe amaldiçoado subiu em seu cavalo e conseguiu seguir viagem.

Um grande grupo de integrantes da corte de Gzansh participou da cerimônia de despedida ao velho mago, Lothuf de Epidauro. Sua atuação abnegada no episódio da maldição que havia cegado toda a população comoveu os habitantes, que entoaram preces por sua alma enquanto seu corpo era cremado na pira cerimonial.

Em sinal de respeito e agradecimento, o rei Ziegfried declarou que Lothuf faria parte da história de Gzansh e seria lembrado eternamente.

Ao final da cerimônia, suas cinzas foram recolhidas e depositadas em uma urna de porcelana, que foi entregue para Asclépius, conforme o último pedido do mago.

Uma sensação de tristeza invadiu o rapaz, que se sentia responsável por colocar o avô em perigo, todos os dias, em função do poder recebido dos deuses. Poder tão reverenciado pelos humanos, mas que fora inútil para manter o mago entre os vivos ou restaurar a visão da princesa Brígida.

Enquanto se preparava para descansar no mesmo quarto em que se despedira de seu avô, Asclépius recebeu das mãos do rei Ziegfried o bastão de madeira de castanheiro e o livro de magias que o grande mago havia levado consigo.

Sentado à beira da cama, colocou o antigo livro numa banqueta e percebeu que um fragmento de papiro escapava parcialmente no meio das páginas. Puxou o pergaminho e reconheceu os traços elaborados pelo avô, no mesmo dialeto tocariano em que fora alfabetizado pelo mago. Era uma carta de despedida com algumas solicitações um tanto quanto estranhas: "Meu querido neto, ao receber esta carta provavelmente estarei atravessando o Aqueronte. Leve minhas cinzas em sua viagem. Quando chegarem ao desfiladeiro de Urânia, peça para fazer uma parada para descansar. Ali é um bom local para isso. Afaste-se um pouco do grupo e certifique-se de que não está sendo observado. Então atire um pouco de minhas cinzas ao chão.

Sempre alertei sobre os riscos que você corria por conta de seu maravilhoso dom, mas só agora descobri que minha presença ao seu lado também o colocava em risco.

Diga a Tilbrok de Endorian que a ave carbonizada veio me visitar. Ele entenderá.

Chegou a hora de uma nova jornada em os destinos de Lanshaid e Gzansh estão diretamente ligados ao seu. Ajude Tilbrok na solução do enigma. Pergunte a si próprio: quando partir é diferente de partir?".

A carta terminava com um símbolo tocariano que significava "a viagem", além da assinatura de Lothuf. Asclépius releu a carta várias vezes. Conhecia as habilidades, a inteligência e a lucidez do avô, mas não conseguia imaginar o que o mago havia planejado antes de morrer. O rapaz, enfim, entendeu que o símbolo tocariano representaria a decisão de Lothuf em partir, em mais um sacrifício para a sua proteção, o que aumentou o seu sentimento de ternura e tristeza. Mas atirar parte das cinzas do avô ao chão e "informar sobre a visita de um corvo" estavam longe de parecer solicitações lúcidas. E a última pergunta soava como um enigma: "Quando partir é diferente de partir?".

Asclépius percebeu a presença de Eathan, o guerreiro cego que acompanhara Brígida em sua viagem, sentado em silêncio à entrada do quarto.

— Desculpe incomodar, senhor, mas por que não descansa? – perguntou o rapaz ao soldado, enquanto devolvia o pedaço de pergaminho ao local em que o encontrara

— Incômodo algum, meu rapaz! – respondeu Eathan. – Vou assumir o primeiro turno de vigilância à sua porta. Não se preocupe. Posso não enxergar nada, mas ouço muito bem! Outros guardas estão posicionados em todos os flancos do palácio. A princesa Brígida achou que você gostaria de ver um rosto familiar, especialmente após... Você sabe.

— Ela tem razão. Foi uma excelente escolha. Muito obrigado. Tenho plena confiança em sua capacidade.

Eathan aparentava ser um guerreiro confiável, apesar do aspecto cansado. Uma vida de batalhas deve ter trazido muito sofrimento ao guerreiro. Em seu pescoço, em uma corrente de prata, ele exibia uma reluzente pedra azul.

— Belíssima pedra essa na sua corrente – observou Asclépius. – Um lindo brilho azulado. Nunca vi nada igual!

— Um brilho que não posso ver há muito tempo – lamentou Eathan. – É uma herança de família.

— Desculpe-me, Eathan. Posso fazer-lhe uma pergunta inconveniente?

— Como perdi a visão? – arriscou o guerreiro.

— Você já deve ter sido aborrecido com essa pergunta muitas vezes – comentou Asclépius.

— Não se preocupe. Não me importo. Foi em combate – explicou Eathan. – Na primeira tentativa de invasão circassiana, há 15 anos, uma pancada na cabeça quase me fez embarcar para o mundo dos mortos. Fiquei desacordado por vários dias. Quando despertei, estava na mais completa escuridão. Os melhores médicos de Gzansh nada puderam fazer. O rei Ziegfried foi muito generoso e decidiu manter-me no castelo. Posso ajudar nos afazeres, uma vez que conheço este palácio milimetricamente. Consigo me arranjar com essa limitação. Aceito os desígnios dos deuses – concluiu o soldado.

— Os desígnios dos deuses são difíceis de entender. Meu avô sempre me pediu paciência e cuidado. De nada me vale o dom que recebi se não posso utilizá-lo. A maior preocupação dele sempre foi com o meu bem-estar. Ocultou-se na floresta de Tirânia para me permitir continuar vivo. E creio que decidiu partir deste mundo para que eu possa viver. Por favor, permita-me ajudá-lo.

— Você quer dizer… – Eathan paralisou. Teve medo de perguntar. A menor possibilidade de recuperar a visão, tão almejada e já, há tanto tempo, descartada pelos médicos de Gzansh, parecia um sonho delirante.

Deixou que Asclépius posicionasse as mãos sobre seus olhos e aguardou o imponderável. Aos poucos, uma luz azulada foi surgindo em sua mente. O soldado sonhou com imagens perdidas há muito tempo. Uma sensação de calor envolvia seus olhos. Luzes brilhantes começaram a piscar na escuridão em que estava mergulhado desde sua última batalha. Asclépius, em instantes, afastou-se e pediu ao soldado:

— Por favor, abra seus olhos...

Trêmulo, Eathan hesitou:

— Estou apavorado – disse. – Passei tanto tempo me ajustando e me convencendo de que nunca mais voltaria a enxergar... Minha mente se recusa a acreditar nessa possibilidade.

— Sem pressa... Simplesmente, abra os olhos quando se sentir bem – falou o rapaz.

O soldado já estava percebendo que algo havia mudado. A escuridão anterior tinha sido substituída por um tom luminoso oscilante. Eathan foi abrindo os olhos lentamente e ficou ofuscado pelo brilho das luzes e cores que voltou milagrosamente a enxergar. Olhou para o rosto do rapaz, que sorria ao seu lado e não se conteve:

— Pelos deuses! Como você é jovem!

O soldado atirou-se aos pés de Asclépius chorando e agradecendo. As palavras que balbuciava eram um misto de alegria e estupefação. O jovem ajudou-o a levantar-se e fez questão de deixar claro:

— Você fez por merecer. Não me deve absolutamente nada por isso.

— Serei eternamente grato!

Ainda muito emocionado, o soldado voltou para sua posição de guarda e orientou:

— Descanse, menino luz! Estarei sempre de prontidão para a sua segurança.

Asclépius fechou a porta e deitou-se. Adormeceu com a boa sensação que sempre surgia todas as vezes em que podia utilizar seu dom para ajudar alguém.

Há milhares de léguas dali, três criaturas monstruosas repousavam no Érebo. Alecto, a mais encolerizada das três Erínias, despertara de seu sono infernal. Uma raríssima e incomum luz azul fazia-se presente em algum ponto do mundo dos mortais. As três criaturas estavam em busca desse sinal havia longos anos. Alecto gritou a plenos pulmões com as demais, que continuavam adormecidas:

— Acordem, suas imprestáveis!

— Espero que tenha uma boa razão para me acordar desse jeito, sua miserável... – resmungou Megera, enquanto esticava as costas arqueadas.

— A luz azul brilhou novamente! O filho de Corônis reapareceu! – revelou Alecto.

— Como é possível alguém se esconder por tanto tempo? – questionou Tisífone.

— O mago, aquele maldito! Ele conhecia o segredo. Mas agora o garoto está largado à própria sorte. O velho já fez a viagem com Caronte – respondeu Alecto. – Já está quase anoitecendo. Partiremos em breve.

— Ainda não sinto a intensidade do crime desse rapaz – comentou Tisífone. – Não me parece alguém que mataria a própria mãe.

— Mas matou! – gritou Alecto, enfurecida. – Hades decretou! A palavra de Hades basta! Todas sabemos o quanto ele não gosta de interferir nos assuntos mundanos!

— Hades atendeu a um pedido de você sabe quem! – urrou Tisífone. – Nunca cometemos um erro em toda esta miserável existência. Diverti-me torturando as almas desgraçadas que encontramos entre os mortais, mas não vejo nesse garoto a sina de um matricida!

— Não nos cabe julgar. Apenas aplicamos a pena – grunhiu Alecto, encerrando a conversa.

Logo depois, ao cair da noite, três horripilantes criaturas aladas levantaram voo em direção à distante cidadela de Gzansh.

As frias e longínquas montanhas de Dracon não eram destino comum para os viajantes da península de Lanshaid. Nem os aventureiros mais ousados atreviam-se a desafiar a cordilheira.

Origem de lendas milenares, as montanhas repousavam na extremidade da península, separando Lanshaid das florestas de Tirânia, repleta de trilhas secretas ou desconhecidas. O único caminho de acesso conhecido era acidentado e extremamente penoso.

Dizem alguns historiadores que o grande Hércules, durante um de seus 12 trabalhos, teria esculpido ali a inscrição "Nec Plus Ultra" por julgar que teria atingido os limites do mundo e não nas montanhas de Calpe e Abila, teoria defendida por outros eruditos. Além de toda sua aura sombria e assustadora, Dracon não recebera esse nome por mera formalidade. Oriundos dali, durante muitos anos, monstros alados e cuspidores de fogo aterrorizaram os reinos ancestrais.

O terror na região perdurou por muitos anos até que um mitológico herói, Sigmund de Lanshaid, aprendeu os segredos e hábitos das criaturas e ensinou seus contemporâneos a enfrentá-las. Sigmund infiltrou-se nas montanhas de Dracon, onde viveu por quatro longos anos, sem ser descoberto pelos répteis gigantes.

Foi ele quem primeiro entendeu que o fogo dos dragões, apesar de mortalmente eficiente, demorava horas para ser novamente produzido após um ataque. Sigmund também descobriu que uma fêmea de dragão depositava apenas um ovo em cada gestação, que durava 18 meses.

No seu famoso "Tratado sobre Dragões", o aventureiro relatou hábitos alimentares, de hibernação e de acasalamento das feras monstruosas e, a partir daí, criou estratégias para confrontá-las. Entre as descobertas estavam o péssimo faro dos animais em função, provavelmente, das suas labaredas, fato que contribuíra para sua longa e arriscada estadia. Além disso, possuíam limitado poder durante o voo. Assim como os besouros, os dragões não eram adequadamente aerodinâmicos para voar, ainda que voassem.

Extremamente vorazes e competitivos, representavam uma ameaça para a própria continuidade da espécie.

Com base nos estudos de Sigmund, os povos da península organizaram-se e conseguiram enfrentar os dragões, dizimando a espécie literalmente nos ninhos, enviando expedições para capturar ovos e atacá-los quando hibernavam.

Com o sucesso de seus planos, o povo da península viu desaparecer a ameaça dos lagartos gigantes e o primeiro núcleo populoso da região recebeu o nome de Lanshaid em homenagem ao desbravador.

Com o tempo, as montanhas de Dracon foram classificadas como santuário, sendo constantemente monitoradas por soldados que dedicavam sua vida à constante observação e ao controle de acesso, em torres de vigia construídas especialmente para isso, em verdadeiros desafios de engenharia. Uma dessas torres, a mais afastada e instalada no ponto mais perigoso da cordilheira, estava deserta há décadas.

Moldhur, o último dragão a atacar a península, segundo os registros históricos, aniquilou os soldados que serviam na torre. Após a morte do monstro, que custara a vida de dezenas de guerreiros, a torre foi abandonada e deixada como um memorial aos mortos no ataque. Naquele momento, um grupo de estranhos intrusos vigiava, dali, a cordilheira, sob as ordens de um misterioso e furioso feiticeiro.

Temendo por suas vidas, os homens não ousavam responder aos acessos de cólera do estranho mago, que blasfemava e gritava enquanto se movia com dificuldade pelos seus improvisados aposentos até, finalmente, alcançar um pequeno oratório em que repousava uma estranha pedra negra iluminada por uma vela.

— Malditos! Mil vezes malditos! Quem eles pensam que são? – esbravejava o mago. – Aquele miserável Lothuf de Epidauro e suas amaldiçoadas pedras do destino! A "noite eterna, apenas três luas... Pedras da lua... Posso ouvir suas gargalhadas! Calem-se! Calem-se, escória da criação! Como se atrevem a desafiar o grande Zefir? "A Maldição do Esqueleto"... "A Noite Eterna"... Sortilégios de primogênitos! Como não percebi? Ábaris, o Aeróbata, o sumo sacerdote de Apolo... Voando pelo mundo em sua flecha de ouro... Achou que ninguém encontraria o pergaminho? As sete maldições, o maior poder já visto pela humanidade! Não previu que eu encontraria sua caixinha estúpida no Vesúvio? Que espécie de vidente é você? Todos duvidaram, todos riram... Quem ele pensa que é para jurar vingança contra um deus? Pedras brilhantes... Quer dizer que a minha maldita pedra não brilhava? Um simples pedaço de carvão? As gargalhadas... Parem de rir, miseráveis... Primogênitos... Malditos primogênitos! Pelo menos tenho a flecha dourada...e o destino do príncipe de Lanshaid e da princesa de Gzansh nas minhas mãos... Que a vingança esteja sempre ao meu lado! A vingança... Malditos sejam! A espada... Onde foram os desgraçados? O preço a pagar...O preço...".

O feiticeiro divagava de maneira delirante. Ao realizar os sortilégios contidos no pergaminho, o mago liberara forças imprevisíveis e incontroláveis. Ao julgar ter desvendado o enunciado das sete maldições, ele descobriu que a magia poderia cobrar um preço muito alto dos que se atreviam a desafiar seus limites sobrenaturais.

O comportamento insano do feiticeiro afugentou boa parte dos mercenários que, inicialmente, tinham sido seduzidos por promessas de riqueza nunca vista. Muitos fugiram na calada da noite temendo represálias.

O desfecho da grande batalha contra Lanshaid alimentou os pesadelos dos poucos guerreiros que conseguiram escapar do desfiladeiro de Urânia. Lutar contra um exército de esqueletos não entraria na lista de histórias que um soldado sonhasse, um dia, narrar.

Os poucos homens que restavam almejavam dividir uma fortuna grandiosa, usurpada dos povoados saqueados e subtraída das fortunas pessoais de Oren de Tocaria e Firmino de Circássia, dois crédulos e supersticiosos monarcas que preferiram pagar para não terem de suportar a presença indigesta do feiticeiro, especialmente após seu retumbante fracasso militar.

Do lado de fora da câmara que servia de dormitório ao feiticeiro, alguns homens avaliavam os últimos incidentes surreais que haviam presenciado:

— O que faremos, Guilles? – perguntou um dos mercenários para o líder. – Vamos continuar caminhando na beira desse abismo em que nos metemos?

— Para quem brandia espadas pelo desprezíveis tocarianos você está muito temeroso, Ellija! – ironizou o homem.

— Também penso assim, Guilles! O miserável está louco! – desabafou Cédric, outro mercenário. – Ele piorou muito quando lhe informamos sobre os incidentes nas cidadelas. Agiu como se não esperasse tal desfecho...

— Sim, eu percebi — concordou o líder. – E tenho notado a demência avançando, além das feridas pelo corpo...

— E o mau cheiro? Ele fede! É a peste, eu aposto! Pode ser contagioso! – comentou Ellija. – Morrer neste fim de mundo, sem glória, sem histórias que contem de nós? Não existem tesouros neste mundo que valham tamanho sacrifício.

— Paciência, irmãos. Paciência – argumentou Guilles de Lefréve, mercenário gaélico que havia arregimentado os guerreiros para a misteriosa empreitada proposta pelo feiticeiro. – Ele está doente, está delirando, mas ainda assim é muito poderoso. Vocês viram o que ele fez em Shinar e na Balcária. E quem, neste mundo, diria que alguém pudesse causar o caos que ele causou em Lanshaid e Gzansh?

— Mas onde isso vai parar? – sussurrou Cédric. – Quantos homens morreram no Vesúvio? E o massacre em Urânia? Um exército de esqueletos? Quero minha parte do ouro e partir para Tessália!

— Hoje, se é que vocês entendem um pouco de matemática, temos muito menos bastardos com quem dividir o ouro, seus vermes covardes! – Explodiu Guilles, apesar dos sussurros. – Vejam o quanto caminhamos! Querem desistir agora, tão próximos do desfecho?

Barulho de vidro quebrando chamou a atenção dos mercenários. A seguir, os gritos de maldições do feiticeiro soaram mais intensamente,

— Estão ouvindo? Ele parece estar discutindo com entidades invisíveis – sussurrou Cédric. Está completamente insano...

— De qualquer maneira teremos a nossa recompensa. Mais cedo, com a conclusão dessa jornada, ou mais tarde, com a morte desse mago infernal. O que acontecer primeiro – concluiu Guilles.

— E os vermes que foram enterrar Katára até agora não voltaram? – perguntou Ellija.

— "Sob um carvalho milenar, no cemitério do Mosteiro de Dea Matrona, para jamais ser encontrado..." – completou Cédric, tentando imitar o estranho jeito de falar do feiticeiro.

— Pare com isso – sussurrou Guilles. Katára foi uma grande perda. Conheci poucos bastardos alucinados como ele – lamentou. – Mas os deuses fazem a sua escolha. E nós acatamos.

Nesse momento, um urro aterrorizante tomou os ares, surgindo além das fronteiras delimitadas pelas torres, assustando ainda mais os apavorados guerreiros.

— Pelos deuses! Que criatura é capaz de um urro tão poderoso? Maldita hora em que aceitei esta jornada... – lamentou Cédric.

— Coragem, irmão! – disse Guilles. O nosso ouro está cada vez mais próximo!

Zefir, abruptamente, soltou uma tétrica gargalhada. O mago exigiu imediatamente a presença de Guilles, que o atendeu prontamente.

— Estou aqui, ó grande feiticeiro!

— Lothuf de Epidauro se foi. O maldito intrometido fez a viagem até o inferno na barca de Caronte – disse o feiticeiro com olhar perdido na chama da vela. – Reúna seus homens. O menino está desprotegido. Chegou a hora de justificarem o ouro que irão receber! Uma "reunião de família" precisa acontecer...

— Sim, grande feiticeiro. Vou preparar a tropa. Com sua permissão... – falou Guilles, retirando-se da sombria câmara. – Já não era sem tempo... – sussurrou.

O caminho de volta tornara-se longo e monótono para Armury. Aos poucos, a transformação provocada pela estranha maldição criara uma névoa em suas memórias anulando lentamente suas emoções. Enquanto pensava sobre a estranha aparição e sobre o livro recém-encontrado (e furtado) na biblioteca do Mosteiro de Dea Matrona, as sensações de urgência e de necessidade foram dissipando-se, como se a luta pelo retorno ao normal não mais importasse.

O vazio que estava se instalando em sua alma era alternado com explosões de fúria, como se uma grande batalha interior estivesse sendo travada entre o príncipe Armury real e o esqueleto que assumira seu corpo.

Ao voltar a si, como estava ocorrendo de tempos em tempos desde a transformação, o príncipe apressou o ritmo exigindo mais de Árion e buscando alcançar Lanshaid antes que toda sua essência original fosse perdida para sempre.

As palavras da Pitonisa ainda ecoavam em sua mente: "Aquele que tudo perdeu no exato momento em que venceu", e agora faziam sentido. Era sobre Armury que a profecia referia-se. No exato momento em que derrotara as forças de Zefir e quebrara a espada do último guerreiro, todos os esqueletos voltaram ao normal e Armury transformara-se em um esqueleto vivo. Ele tudo perdeu no exato momento em que venceu.

Uma estranha movimentação chamou a atenção do príncipe logo à frente. Ele, então, puxou as rédeas e fez com que Árion diminuísse o ritmo enquanto forçava a visão para tentar enxergar o que estava surgindo.

Um grupo de homens montados a cavalo seguia apressadamente em sua direção. Armury deduziu: os quatro guerreiros que, horas atrás, tinham fugido apavorados, não conseguiram concluir sua tarefa, ou seja, sepultar aquele corpo putrefato. Então tinham reunido reforços e voltaram para enfrentá-lo. Armury pensou: "Um pouco de agitação pode me fazer bem...".

Procurou um trecho da mata para esconder seu cavalo e ocultou-se atrás de uma rocha. Os desconhecidos foram aproximando-se e diminuindo a velocidade de suas montarias. Armury ouviu o vozerio:

— Onde ele se meteu? Tenho certeza de que vi um cavaleiro! – disse um deles.

— Deve ser um demônio! Eu vi aquela face descarnada! – exclamou outro.

— Você deve estar bêbado!

— É verdade! Nós todos vimos! É um fantasma... O cavaleiro da morte...

O príncipe ouvia os murmúrios e calculava mentalmente a distância em que se encontrava do grupo. Eram nove homens, todos armados com espadas e cimitarras.

Entre eles estavam os quatro guerreiros que tinham fugido anteriormente. Armury não seria cercado dessa vez. Ele sabia que pela sua aparência aterradora não seria tratado com misericórdia. Ele também não teria misericórdia.

Armado com a espada que furtara do cadáver abandonado, atirou-se contra eles furiosamente. Com agilidade, girava a espada na mão direita e desferia golpes certeiros, eliminando os oponentes aterrorizados. A espada revelou-se surpreendentemente eficiente. Após alguns minutos, nove corpos jaziam no chão.

Armury observou os cadáveres em busca de alguma indicação da possível origem dos desconhecidos. Eram muito diferentes entre si, nada que indicasse uma divisão, um reino ou uma força militar. Eram homens brutos, repletos de tatuagens ritualísticas, cinturões de couro cru, braceletes de bronze e correntes. Várias cicatrizes indicavam uma longa vida de combates para alguns deles.

O príncipe guardou a espada na bainha e ficou totalmente imóvel, como se aguardasse alguma coisa. Um pequeno ruído serviu de alerta, um murmúrio, quase um sussurro. Um dos homens estava vivo, contendo a respiração e tentando segurar o próprio medo.

Armury afastou-se lentamente e o homem soltou a respiração desesperadamente. A face descamada do príncipe surgiu sobre a dele, fazendo o homem arregalar os olhos e tremer apavorado.

— Pi... Piedade... Piedade, senhor das trevas... – gaguejou o desconhecido.

— Por que eu deveria ter piedade de você? – perguntou Armury, entrando no jogo de seu apavorado e desafortunado oponente.

— Sou só um pobre soldado... Não sou digno de vossa atenção... Me deixe viver e nunca mais o aborrecerei... Viverei minha vida em vossa devoção... Vou erigir um templo à sua glória... – implorou o apavorado soldado.

— Um templo não vai livrar a sua alma miserável... – Armury segurou a espada sobre a cabeça do soldado e perguntou: – O que estavam fazendo na estrada de acesso a Dea Matrona? Por que enterrar aquele corpo lá, tão tarde?

— Seguimos ordens! Katára... O nome do morto... Era nosso companheiro de armas. O mago ordenou que o enterrássemos sob o grande carvalho. Mas nenhum de nós queria... entrar num cemitério em plena madrugada, então...

De repente, Armury hesitou. Observou novamente a palavra "Katára" gravada no cabo da espada. Tentou juntar fragmentos confusos de memória, mas a névoa parecia tomar conta de sua mente. Guardou a espada e ordenou que o homem fugisse, que nunca mais cruzasse com ele pelos caminhos daquele mundo.

O guerreiro levantou-se tremendo de medo e fez menção de agradecer, mas as palavras não saíram. Montou em seu cavalo e disparou para longe do seu apavorante algoz.

Enquanto isso, Armury não conseguia organizar os pensamentos. Olhava para a estrada e não conseguia decidir para qual lado seguir. Os corpos inertes e ensanguentados pareciam não significar absolutamente nada para o príncipe.

Os primeiros raios da manhã começavam a colorir o céu. Armury ajeitou a máscara, vestiu o capuz e montou novamente em Árion. Ele já não se lembrava mais do que estava fazendo ali. Conduzindo seu cavalo com uma lentidão nunca vista, o príncipe amaldiçoado deteve-se em uma encruzilhada que separava a trilha para Lanshaid do Caminho de Antígona que levava a Gzansh. Então, sentado à beira da estrada, um ancião acenou para ele. O homem segurava um bastão de madeira.

Armury ignorou-o e prosseguiu em seu cavalgar, deixando Árion escolher a direção. Ao perceber que o cavaleiro não iria parar, o ancião disse em voz alta:

— Todo destino é errado quando não se sabe para onde vai, príncipe Armury!

O príncipe hesitou. Uma das poucas coisas de que ainda se lembrava era o próprio nome. Então aproximou-se do homem e desceu do cavalo.

— Você sabe quem sou? – perguntou sem remover a máscara e o capuz.

— Armury El K-Tarh, primogênito de Haroun El K-Tarh, soberano de Lanshaid, neste momento sofrendo as agruras de uma terrível maldição.

— Nada do que você diz tem significado para mim – respondeu o príncipe.

— A névoa do esquecimento é um dos desdobramentos implacáveis desse sortilégio. Você precisa se apressar ou ficará para sempre perdido entre os vivos e os mortos – explicou o ancião.

— Como posso crer em tanta insanidade? – perguntou Armury, impaciente.

— Tire suas luvas... Olhe suas mãos – falou o homem.

Intrigado, Armury obedeceu. Ao retirar uma das luvas viu os ossos e tendões expostos. Não conseguia lembrar-se dos eventos que o levaram até ali e colocaram-no naquela grotesca condição.

— Que tipo de feitiçaria é essa? – questionou.

— Posso explicar tudo, mas, certamente, você se esquecerá em pouquíssimo tempo. Siga pela estrada à direita. Ela vai levá-lo até Lanshaid. Seu destino vai encontrar o caminho até você – falou o ancião.

O velho retirou um pequeno embrulho do bolso e entregou-o para Armury.

— Guarde isso com você – aconselhou o ancião.

— O que é isso? – perguntou Armury, desconfiado.

— Sua Pedra do Destino, um fragmento raríssimo. Tudo será explicado no momento oportuno – concluiu o homem.

Armury abriu o embrulho e observou o brilho avermelhado e intenso da pequena pedra. Quando decidiu perguntar ao velho como ele sabia de tudo aquilo notou que estava sozinho. Não havia onde o ancião misterioso esconder-se. Era como se ele tivesse evaporado.

Se não fosse pelo fragmento brilhante que tinha em mãos, o príncipe juraria que estivera delirando. Guardou a pedra numa espécie de bolso de sua sela e tentou concentrar-se nas orientações do ancião. Em seguida, montou em Árion e apertou o galope rumo a Lanshaid.

Os preparativos para o deslocamento do imperador Ziegfried e da família real até Lanshaid estavam em franco andamento. Uma legião formada pelos melhores guerreiros de Gzansh já estava de prontidão. Apesar da recente calmaria, a maldição que se abatera sobre a população causando a misteriosa cegueira generalizada ainda assustava os cidadãos.

Diante da intervenção mágica de Lothuf e da consequente resolução parcial do problema, o Conselho entendeu a demanda urgente do imperador e a necessidade de se investir todos os esforços na recuperação da visão da princesa Brígida. Mas a informação fornecida pelo falecido mago sobre a possível atuação de Zefir, o terrível, deixara a cidadela em alerta e no aguardo de uma nova investida por parte do misterioso feiticeiro.

ASCLÉPIUS E AS PEDRAS DO DESTINO

Gzansh também andava em polvorosa pela notícia da recuperação milagrosa da visão de Eathan, o guerreiro. Para tentar manter Asclépius em segurança, Eathan mentira para seus conterrâneos, alegando que, por uma razão que fugia de sua compreensão, sua visão fora plenamente restabelecida após a intervenção de Lothuf.

A recuperação da visão por parte do guerreiro foi muito festejada pelas ruas de Gzansh. Já a princesa Brígida estava tensa. Ajustar-se à cegueira era uma tarefa árdua e ingrata. Mesmo contando com um verdadeiro batalhão de serviçais, a princesa não queria depender do amparo de ninguém e desejava desesperadamente retornar à normalidade.

Após ler a carta deixada por seu avô, Asclépius solicitou permissão para viajar a Lanshaid com a família real. Apesar de preocupado com os riscos que sempre estavam presentes nesse tipo de deslocamento, o imperador Ziegfried consentiu. Ademais, tendo em vista a promessa que o rei fizera a Lothuf, Asclépius estaria mais próximo de regressar a Tessália estando em Lanshaid do que em Gzansh.

Devido ao tamanho do grupo, seriam quatro dias de viagem com paradas estratégicas. Quatro homens a cavalo sairiam à frente, como batedores, antecipando eventuais problemas e necessidades de correções de trajetória, além de alertarem os governantes de Lanshaid para a chegada inesperada da corte de Gzansh.

O Conselho da cidadela reuniu-se e deliberou sobre as atividades durante a ausência de Ziegfried. Eathan, milagrosamente recuperado, estaria entre os guerreiros que seguiriam na proteção da família real. Sua devoção ao rei sempre fora amplamente reconhecida.

As enormes e confortáveis carruagens reais puxadas por 16 cavalos cada uma estavam abastecidas e liberadas para a viagem.

A princesa Brígida convidara Asclépius para seguir em sua carruagem, na qual também seguiriam dois condutores, além de pajens e soldados.

Ao todo, 80 pessoas faziam parte da comitiva que pegou a estrada rumo à cidadela de Lanshaid quando o sol brilhou no céu de Sucellus.

Asclépius, sentado diante da princesa Brígida, percebeu a sua ansiedade.

— Por favor, princesa, permita-me que eu ajude a minimizar o seu sofrimento.

— Agradeço imensamente, Asclépius. Mas não quero colocar sua vida em perigo... Seu avô foi enfático.

— Não posso quebrar a magia e restabelecer-lhe a visão, mas posso sossegar o seu coração. Será muito rápido e, garanto, não há riscos.

A princesa hesitou, mas acabou cedendo. Asclépius segurou sua mão direita por alguns segundos enquanto uma suave luz azulada, que a moça não podia ver, brilhava naquele curto espaço de tempo.

Brígida sentiu uma grande paz interior, como se a angústia tivesse sido arrancada de sua alma. Extremamente agradecida, a princesa dirigiu-se ao rapaz:

— Esse seu poder maravilhoso... Desde quando faz isso?

— Desde que me entendo por gente – explicou o rapaz. – No começo eram dores de cabeça, desconforto físico, feridas e pústulas, pequenos males do corpo. Com o tempo, a luz azulada começou a aumentar. Depois dos meus 7 anos, "o estágio alfa", como meu avó denominava, perdi a referência. Não encontrei, até hoje, algum tipo de problema relativo à saúde que eu não consiga sanar.

— É instintivo? Ou existe algum método secreto? – questionou a moça.

— Não existe uma palavra mágica – respondeu Asclépius, abrindo um raro sorriso. – Eu simplesmente mentalizo o problema que preciso eliminar e o restante acontece naturalmente.

— Como alguém tão doce e com um poder tão incrível poder ter inimigos? – questionou Brígida.

— Meu avô nunca me deu detalhes. Dizia que tudo seria esclarecido em seu devido tempo. Nas cidades por onde passamos ouvi rumores sobre médicos e curandeiros que detestavam a minha presença. A situação piorou quando comecei a curar doentes terminais. Meu avô dizia que o barqueiro do inferno estaria ficando irritado por ver o número de passageiros diminuindo.

— Grande homem, Lothuf! Nosso reino será eternamente grato. E gratidão em Gzansh é uma coisa definitiva.

— Sim, um grande homem – concordou o rapaz. – Dedicou os últimos quinze anos de sua vida a me proteger. Aprendi a modular e a concentrar a minha energia de cura com ele. Pude ver os prodígios que ele conseguia operar e até participei de algumas caçadas às pedras da lua.

— A fantástica pedra avermelhada que ele usou no ritual! – exclamou Brígida. – Foi a última coisa que vi antes de ficar...

— Sinto muito por não poder devolver-lhe a visão – lamentou Asclépius, interrompendo-a. – Mas tenho muita fé nas escolhas de meu avô. Se ele pediu para realizarmos esta jornada é porque a solução existe, afinal, a pedra que ele utilizou era sua.

— Minha? Como poderia? – perguntou a moça.

— Segundo meu avô, as pedras da lua, ou "pedras do destino", como ele as classificava, caem do céu quando crianças nascem – explicou Asclépius. – Mas as pedras mais relevantes só caem durante a lua de Irana. Segundo a tradição, as pedras seriam atiradas pela deusa Cerridwen e teriam brilho e colorações diferentes. No dia em que minha mãe nasceu, meu avô recolheu três pedras, coisa muito rara. Uma delas se apagou no mesmo dia em que minha mãe faleceu. As outras duas mudaram de cor no dia em que você chegou a nossa casa. Eram azuladas e ficaram vermelhas.

— Quer dizer que sua mãe teria exatamente a minha idade?

— Sim. Você, minha mãe e mais uma terceira pessoa nasceram no mesmo dia e estão, de alguma forma, ligadas nessa trama. As pedras do destino refletem a grandiosidade da trajetória dos indivíduos neste mundo. Mas é um assunto polêmico. Meu avô enfrentou muitas críticas e perseguições devido aos seus estudos das pedras. Especialmente dos que não brilhavam.

— Não brilhavam? – perguntou Brígida. – As pedras delas não brilhavam?

— Exato. As pessoas, em suas diversas classes sociais, são muito diferentes entre si. As pedras do destino também. Algumas brilham intensamente e refletem o brilho do indivíduo ao qual pertencem. Outras são como pedaços de carvão. As pedras do destino não escolhem seu brilho, assim, pedras muito brilhantes podem ser atribuídas a pessoas humildes, assim como pedras opacas podem estar ligadas à realeza. Dessa forma é possível encontrarmos serviçais brilhantes e imperadores medíocres. E nenhum rei gostaria de descobrir que tem uma pedra do destino que não brilha. Existe até um mercado negro, em que pedras são vendidas para os mais ricos para que possam ostentar uma bela pedra brilhante.

— Nunca ouvi nada sobre isso. Alguém neste mundo chegou a encontrar a própria pedra do destino? – perguntou a princesa.

— Eu fiz essa pergunta para o meu avô. Aliás, eu perguntei exatamente sobre a minha pedra. É um tema muito restrito e pouco valorizado por deixar claro que nobreza é uma qualificação mundana e não significa nada diante dos desígnios dos deuses. Ninguém sai à procura da própria pedra já que elas caem no dia do nascimento. Talvez, algum pai ou mãe, por muita sorte, tenha encontrado a pedra referente ao próprio filho ou filha.

— E seu avô acabou encontrando a minha! Qual a probabilidade de isso ocorrer? – comentou Brígida, animada.

— Meu avô dedicou boa parte da vida ao estudo de magia envolvendo as pedras do destino. Ele fazia cálculos complexos e observava a posição das estrelas e de todas as diferentes luas. Durante a lua de Ishtar não há queda de pedras brilhantes, assim como não ocorre na lua de Camus. Na lua de Astarte algumas pedras azuladas já foram localizadas. Já a lua de Irana é a mais fecunda. Mas meu avô só teve plena certeza de que se tratava da sua pedra quando você chegou ao nosso esconderijo na floresta. As pedras mudaram de cor imediatamente. Ele passou a entender que algo sobrenatural estava ligando o brilho do destino das três pessoas ligadas àquelas três pedras.

— Outra pessoa pode estar passando por uma grande provação, assim como eu? – questionou Brígida.

— Depois de tudo o que vivi nestes últimos tempos eu acredito que sim – concordou Asclépius. – A força da magia, para o bem ou para o mal, sempre foi algo que me assustou. A simplicidade com que meu avô lidava com essa força era impressionante.

— Que Tilbrok de Endorian tenha alguma resposta! – exclamou Brígida.

— Tenho muita esperança nessa possibilidade – disse o rapaz.

A caravana seguia seu caminho rumo a Lanshaid sem maiores problemas.

Os batedores seguiam horas à frente, avaliando riscos e ameaças que exigissem alguma eventual mudança de planos. Ao cair da tarde, entraram no desfiladeiro de Urânia, onde a primeira parada para descanso estava prevista. Asclépius viu, aliviado, que não precisaria sugerir. Seguindo orientações do rei Ziegfried, uma grande mesa foi montada a céu aberto para que a comitiva pudesse alimentar-se.

Quando percebeu que estava seguro e suficientemente afastado dos olhares dos demais, o rapaz retirou de dentro da pequena urna de cerâmica um pouco das cinzas do avô, atirando-as ao chão conforme suas últimas orientações. Mesmo encarando a situação de maneira hesitante, Asclépius confiava na lucidez e na inteligência do avô. Pouco depois de atirar as cinzas ao solo, ele percebeu que um pequeno facho de luz levantara-se do local, criando um feixe luminoso, do qual surgiu uma silhueta reluzente que ele conhecia muito bem:

— Vovô... É você? – sussurrou o rapaz.

— Olá, Asclépius! Precisei criar este estratagema pirotécnico para poder orientá-lo. Preste atenção no que vou lhe dizer. Não estou aqui, tudo o que você vê é uma projeção mágica. Portanto ouça com atenção e não perca tempo com questões. Uma das perguntas que deixei sem resposta foi sobre a morte de sua mãe. Chegou a hora de esclarecer alguns detalhes de sua família: quando Corônis nasceu, eu passava por um período muito atribulado, sendo muito requisitado na trilha mística. Eu vivia entre viagens, aconselhando e interferindo na vida de nobres e soberanos de muitos e muitos reinos. E por uma triste fatalidade, minha esposa, Semíramis, faleceu durante o parto.

Naquela noite, ao regressar para casa, recolhi três raríssimas pedras do destino, todas de um brilho azulado incrivelmente belo. Eufórico, não me dei conta da gravidade da situação até olhar nos olhos de sua avó e perceber, tardiamente, que ela ia me deixar.

Sem condições emocionais para criar a menina, busquei ajuda de um grande amigo, que me auxiliou a encontrar uma família que pudesse oferecer para a pequena toda a segurança e a boa vida que eu jamais conseguiria lhe proporcionar. Como já lhe disse, a pedra do destino de sua mãe indicava poder e nobreza. E foi como uma princesa que ela cresceu, na Tessália, como filha da rainha Perimeni e do rei Flégias.

A menina foi abençoada pelos deuses com uma beleza que destoava das simples mortais e, note, não são minhas palavras apenas. Pude acompanhar de longe o crescimento de Corônis, feliz pelos caminhos que se abriram para ela e, ao mesmo tempo, infeliz por jamais poder receber um abraço de minha filha. Mas aceitei esse infortúnio já que foram minhas as escolhas.

O tempo passou e as histórias sobre a beleza de Corônis ultrapassaram fronteiras. Um belo dia, fiquei sabendo que ela estaria envolvida com Apolo, o próprio deus dos gregos. Nesse meio tempo, uma das pedras do destino começou a oscilar e a perder o brilho. Corônis passou a perder o controle de suas emoções e começou a viver perigosamente, sobretudo para quem mantinha um relacionamento com uma divindade poderosa e extremamente possessiva. Assisti de longe e impotente a destruição do futuro de sua mãe. Acontece que Corônis acabou envolvendo-se com outra pessoa, um jovem mortal, e essa aventura custou-lhe a vida. Ao descobrir o romance, Apolo alvejou sua mãe com duas flechas fatais. Antes de morrer, Corônis revelou sua gravidez, o que causou terrível arrependimento em Apolo. Mas era tarde demais.

Então ele retirou a criança do ventre de sua mãe, mas não suportou encará-la, pedindo a Quíron, meu grande amigo, que cuidasse de seu destino. Sim, garoto, você é filho de Apolo, o deus dos gregos.

Quíron, o centauro, que acompanhou todo o meu sofrimento quando abri mão de Corônis, entendeu que era chegada a hora de o destino da criança ser conduzido por alguém verdadeiramente da família.

Asclépius, paralisado pelas revelações, ouvia a narração de seu avô muito emocionado.

— Quíron me entregou você, meu menino de luz. E desde então eu venho tentando fazer as pazes com o destino por não ter cuidado de sua mãe com o carinho e a dedicação que acabei, por felicidade, devotando a você.

Mas os desígnios dos deuses são imperscrutáveis. Se minha menina possuía uma beleza que abalaria os deuses, o filho dela não faria por menos ao possuir um poder digno do Olimpo. Mas a história não termina assim. Não, não… Ela começa dessa maneira.

Apolo passou a sofrer pela morte de Corônis e, segundo consta, pediu à irmã dele, Ártemis, que o ajudasse a aplacar seu coração atormentado. Ártemis, que nunca tinha visto o irmão sofrer daquela maneira, ficou furiosa e pediu a Hades que a ajudasse a encontrar e destruir o filho daquela que tanto sofrimento causara ao irmão. Hades, o deus dos infernos, teria enviado as terríveis Erínias, três monstruosas criaturas aladas, em seu encalço.

Desde então, dediquei toda minha força e todo o meu conhecimento para proteger a sua vida e manter oculto seu poder maravilhoso, única e exclusivamente para afastá-lo dessa vingança descabida e hedionda. Mas as marcas deixadas por toda essa história que beira o inacreditável fizeram com que outra força obscura se movesse nesse triste enredo.

O jovem rapaz com quem sua mãe se envolvera, aquele que ousou desafiar o deus Apolo, enlouqueceu quando viu sua grande paixão ser aniquilada pelas flechas do enfurecido deus. Humilhado e banido de sua terra natal, ele andou por caminhos obscuros, buscando um poder sobrenatural para, assim, tentar enfrentar o seu grande inimigo: o próprio deus Apolo!

Não tive tempo de alertá-lo em vida, mas o triângulo amoroso que ceifou a vida de sua mãe era composto por Apolo, Corônis e Ischys de Lapith, ou, como queira: Zefir, o Terrível!

As três terríveis e monstruosas aves de rapina já estavam voando novamente. Sobrevoando a península de Lanshaid, buscavam um novo indício da presença de seu alvo há tanto tempo procurado, mas jamais encontrado. A mística luz azul, evidência cabal de sua presença naquele território, oscilara por poucos segundos na última vez, impossibilitando a precisão em sua localização.

Alecto, a mais furiosa das criaturas, estava inconformada. Nunca tinham perdido tanto tempo na busca de um condenado e jamais haviam falhado ante uma solicitação dos próprios deuses. Megera e Tisífone estavam quietas e concentradas.

Em silêncio, Alecto fez uma brusca manobra e pousou em uma região de mata fechada. As demais seguiram a líder, sem entender a razão do pouso. Quando estavam no solo, não tiveram tempo de reagir. Alecto passou a atacar Tisífone com uma fúria jamais vista. Diante da luta feroz travada pelas irmãs, Megera paralisou. Tisífone tentava defender-se, mas não estava conseguindo conter a fúria de Alecto.

— Você ficou louca, sua miserável?! – gritava Tisífone enquanto tentava escapar das garras de Alecto.

— Você está mentindo, sua desgraçada! Sempre localizou os condenados com facilidade! Mas justamente esse garoto, o filho de Corônis, não consegue? Você está mentindo!

— É o poder do mago, sua idiota! – rosnou Tisífone. – Você está cansada de saber!

— É, o mago… A melhor das desculpas, não é?! – gritou Alecto enquanto atacava Tisífone. – Por quinze anos eu acreditei nessa mentira!

— Mentira? Você está louca… – grunhiu Tisífone, enfurecida.

— Ontem eu acordei quando a luz do garoto acendeu. O mago fez o caminho até o inferno. Mas você não acordou. Como isso é possível? Seu senso de localização sempre foi o melhor de todas nós! O meu sempre foi o mais fraco e eu senti a presença do garoto! Você não?

— Eu… Eu estava dormindo… Sua desgraçada… – hesitou Tisífone.

Ainda mais enfurecida, Alecto agrediu violentamente a irmã, deixando-a gravemente ferida.

— Você não presta, sua miserável! Quinze anos ajudando aquele moleque maldito a escapar de seu destino! – rosnou Alecto para Tisífone.

— Antes de carrascos somos justiceiras, sua idiota! – exclamou Tisífone, pouco antes de desfalecer.

Megera, que assistira a tudo paralisada, não permitiu que Alecto investisse novamente contra o corpo inerte de Tisífone:

— Chega! Ela não vai resistir!

— Ela fez por merecer! Está nos atrasando e desviando do destino há quinze anos! – gritou Alecto.

— Ela não sente a culpa do garoto! E eu também não! – desabafou Megera.

— Não interessa! Hades ordenou! Hades nunca se enganou! – urrou Alecto.

— Hades não reage bem quando se trata de você sabe quem... – encerrou Megera.

— Vamos embora! O garoto nunca esteve tão perto! – ordenou Alecto.

— Não podemos deixar Tisífone aqui, nesse estado.

— Cubra sua carcaça com galhos de árvore – ordenou a erínia.

Megera ocultou o corpo ferido de Tisífone e verificou que ela ainda respirava.

Assustada, levantou voo em companhia de Alecto sentindo que o ódio da irmã poderia estar saindo de controle. Resolveu acatar suas ordens para não sofrer o mesmo castigo da irmã.

Em Lanshaid, os dias corriam tensos diante dos últimos fatos. Um novo grupo de buscas acabara de regressar para a cidadela sem conseguir localizar o príncipe Armury.

O rei K-Tarh dedicava-se à elaboração da estratégia de defesa das muralhas ao mesmo tempo em que se preparava para retornar ao campo de batalha em um eventual ataque inimigo. Sua preocupação com o desaparecimento do filho fora potencializada quando descobrira que ele saíra desarmado. Os integrantes do conselho estavam reunidos para avaliar os desdobramentos da decisão do rei.

— Majestade, precisamos cuidar para que Lanshaid não fique sem comando – argumentou Zardoz.

— É para isso que contamos com os melhores conselheiros de toda a península – refutou K-Tarh.

— Sabemos que a população conta com a proteção e com a sabedoria de vossa majestade – insistiu Voughan de Anatólia.

— Senhores, agradeço a preocupação, mas poderiam pelo menos fingir que acreditam no meu regresso do campo de batalha... vivo? – falou provocou o rei.

— Ora, majestade, todos sabemos de sua habilidade e de sua capacidade em campo.

— Mas o tempo passa para todos...– tentou explicar Zardoz.

— Velho... Entendi! Estou velho!

— Não foi isso que eu quis dizer... – gaguejou o conselheiro.

Nesse momento, Tilbrok entrou no recinto, tirando Zardoz da situação embaraçosa.

— Com licença, majestade. Tenho tristes notícias sobre Enid de Gantor. Infelizmente, ele não resistiu aos ferimentos. Sua morte acaba de ser confirmada pelos médicos.

— Pelos deuses! Eu não imaginava que ouviria essa notícia em vida. Enid, o mais bravo dos meus guerreiros. Ele e Armury são como irmãos. Aliás, se fossem irmãos talvez brigassem como nunca brigaram.

— Uma perda irreparável. Ainda não comuniquei aos soldados. Com certeza ficarão extremamente consternados. Já estão muito abalados com a situação de Armury... – completou Tilbrok

— São os deuses me empurrando de volta ao campo de batalha... – concluiu K-Tarh.

Os conselheiros entreolharam-se em silêncio. Sabiam que insistirem em opiniões divergentes da do rei era tarefa inglória e pouco produtiva. Tilbrok, o sumo sacerdote, retirou-se para preparar o funeral de Enid. Mais tarde voltaria a dialogar com K-Tarh para tentar convencê-lo a alterar sua decisão.

— Alguma luz sobre a situação de meu filho? – questionou o rei.

— As buscas não param, majestade – respondeu Voughan. – As runas indicaram que as respostas estão no passado e que o passado nos fará uma visita.

— Gostaria que essas pedras falassem com clareza pelo menos uma vez... – disse K-Tarh irritado.

— Paciência, majestade. Hoje sabemos mais do que ontem e menos do que amanhã – falou Zardoz.

O rei acenou com a cabeça e retirou-se do grande salão. Na biblioteca real, observou o imenso retrato de seu filho pintado por um artista local.

No quadro, que media mais de quatro metros de altura, o príncipe havia sido retratado com sua espada tradicional, a mesma arma com que tinha vencido inúmeras batalhas.

Uma sensação de angústia incomodava o rei toda vez que se lembrava de que Armury havia abandonado sua inseparável lâmina, forjada especialmente para ele. Saindo da biblioteca, o rei tomou as escadas até o campanário da torre 3 do imenso castelo, local para onde ia quando desejava colocar as ideias em ordem. Observando o céu, ele pensava em buscar auxílio de alguma divindade que pudesse dar-lhe esperança de ver a vida voltar à normalidade, quando uma agitação na muralha principal chamou-lhe a atenção: homens montados a cavalo acabavam de chegar ao grande portal.

As trombetas soaram convocando os conselheiros e o rei. Emissários chegavam com uma notícia inesperada: a corte real de Gzansh estava a caminho.

Asclépius estava completamente absorto diante da projeção mágica que seu avô havia preparado. As revelações que ele estava fazendo deixavam evidente a urgência do momento e os desdobramentos que teria na vida de todos.

— Sim, Asclépius, Ischys de Lapith, o autoproclamado "Zefir, o Terrível", foi a pessoa com quem sua mãe ousou trair a confiança de um deus – continuou Lothuf em sua projeção. – Ischys é filho de Elathus, membro da nobreza de Lapith, na região da Tessália. Ele foi um dos muitos que se apaixonaram perdidamente por sua mãe e com uma sensível diferença: ele foi correspondido. O curto romance de Ischys e Corônis foi marcado pela fúria dos deuses. Quando ceifou a vida de minha filha, Apolo quis conhecer o mortal com quem ela havia se envolvido. Ao descobrir que se tratava do filho de Elathus, que gozava da gratidão dos deuses por muitos atos heroicos, Apolo não o aniquilou, mas o humilhou, atirando-lhe sua pedra do destino, um mero pedaço de carvão. Ordenou, então, que o rapaz fosse banido e jurou que seu destino seria eternamente opaco como a sua pedra. Ischys, então, desapareceu, e por muito tempo ninguém ficou sabendo de seu paradeiro.

Naquela noite, em Gzansh, eu lhe escrevi uma carta, a qual, suponho, você deve ter lido, uma vez que chegou até aqui. No verso do pergaminho você deve ter observado o diagrama elaborado com símbolos aparentemente incompreensíveis. É imperativo que você apresente esse pergaminho para

Tilbrok de Endorian. Na carta eu mencionei o pássaro carbonizado e você deve ter imaginado que a proximidade da morte estaria me levando ao delírio. Na verdade, o corvo é a ave de Apolo e ele era totalmente branco. Mas foi justamente o corvo quem descobriu e denunciou o romance proibido de sua mãe para o deus dos gregos. Ao receber a notícia, Apolo fulminou o pássaro com os olhos, queimando-o totalmente, deixando a ave com sua atual aparência carbonizada.

Agora, Asclépius, tudo ficou claro para mim. Zefir ousou buscar e utilizar o pergaminho de Ábaris, o Aeróbata, que, em sua época, foi um sumo sacerdote do próprio Apolo, justamente para desafiar o deus e provar que o destino dele poderia ser, sim, brilhante, a despeito da pedra opaca que lhe foi atirada na face. Todos os passos de Ischys foram planejados para provocar a ira de Apolo, que ele pretende desafiar em sua insana vingança.

Você deve estar se perguntando por que Ischys provocou a cegueira da princesa Brígida. O pergaminho que está em seu poder vai ajudá-los a responder essa questão.

Saiba, meu garoto, que os destinos de Gzansh e Lanshaid estão cruzados nessa trama sórdida e você faz parte da solução desse mistério. Localizei o último envolvido nessa tragédia da casa da "divina deusa mãe".

"Aquele que tudo perdeu no exato momento em que venceu" é mais uma pobre alma que necessitará de seus préstimos, meu menino de luz. Um dia você me perguntou sobre sua pedra do destino, sobre o brilho dessa pedra. Nunca encontrei a sua pedra, mas posso lhe garantir que quando você chegou até mim você brilhava como nunca vi. Seu corpo todo emitia uma luz intensa e azulada. Quando o peguei nos braços, todas as corriqueiras dores do meu corpo desapareceram totalmente. Entendi a peculiaridade do seu poder naquele instante: o dom da cura, um poder que ainda iria trazer-lhe muitas alegrias e grandes aborrecimentos, tanto pela cobiça dos homens quanto pela ira dos deuses.

As histórias a respeito dos fenômenos que você operou, livrando tantas pessoas das mais complexas e insolúveis enfermidades, correram o mundo e alcançaram ouvidos perigosos. O próprio Zefir, que neste momento sofre com as consequências de sua própria arrogância, em sua ignorância planeja chegar até você, provavelmente para tentar se beneficiar desse dom maravilhoso. Tarde demais eu percebi que Zefir usava minha trilha mística para chegar até você. Quando cruzei o Aqueronte consegui atrasar os planos dele, mas você precisa redobrar os cuidados.

Para encerrar, meu garoto, você não tem ideia do orgulho que sinto por ser seu avô. Seu caráter justificou cada escolha que fiz nestes últimos anos. O amor que sentimos é a energia que nos move em todos os mundos, dos vivos, dos mortos ou dos imortais. Em tempo: você poderá utilizar esta projeção mais uma vez, quando atingir a região de mata fechada rumo à cidadela de Lanshaid. Não abdique dessa oportunidade. Até a próxima, Asclépius. Não se esqueça: quando partir é diferente de partir?

A projeção mágica encerrou-se com um pequeno estalido. Asclépius tentava assimilar as descobertas sobre sua família e sua própria existência. A saudade que sentia do avô só não era maior do que o espanto por descobrir que ele era filho de uma divindade.

Lothuf, em sua sabedoria, manteve Asclépius afastado de toda aquela trama envolvendo seus pais. Agora, aos 15 anos de vida, o rapaz possuía maturidade suficiente para compreender a gravidade dos fatos, mas com uma relativa distância emocional.

O rapaz já não nutria sentimentos intensos pelas figuras paternas, uma vez que o avô ocupara as funções de mãe e pai, e entendia que não existia mérito em ser descendente de um deus homicida e vingativo.

Muitas perguntas foram respondidas naquela mensagem mágica preparada pelo avô, muitas lacunas em sua própria história foram preenchidas. E os fatos que estavam por vir justificariam os cuidados, a apreensão e o sacrifício de Lothuf.

No caminho para Lanshaid, Armury impelia Árion a apressar o galope. Após o encontro sobrenatural com o ancião, ele procurava manter um objetivo em mente: alcançar a cidadela e deixar o destino encontrá-lo.

Considerando todos os fatos, o príncipe julgava que estaria mais próximo de uma resposta seguindo as orientações daquele homem desconhecido do que deixando Árion escolher o caminho.

Com o sol já se pondo, Armury aproximou-se de um povoado e percebeu ao longe uma intensa agitação. Guerreiros montados a cavalo corriam pelas vias, atirando tochas flamejantes contra as residências, expulsando moradores e concentrando-os numa espécie de praça central. Do alto de uma colina, o príncipe observou que os homens a cavalo estavam saqueando o povoado e, logo após, incendiando as moradias.

Uma estranha sensação de urgência tomou conta de Armury, como se algo naquela cena tivesse alguma ligação com o enigma de sua terrível transformação. Talvez o destino estivesse sinalizando, exatamente ali, como sugerira o ancião ao mencionar que o destino do príncipe encontrá-lo-ia naquela estrada.

Armury sacou a espada e acelerou rumo ao vilarejo, surgindo entre a espessa fumaça e atacando os salteadores sem aviso ou piedade. Quando perceberam que algo estava errado, quatro dos sete guerreiros já estavam caídos sem vida, ao solo.

Ajoelhados na praça central, os moradores observaram a estranha imagem do cavaleiro da morte que surgira das chamas para interceder por eles.

Sem hesitar, Armury eliminou todos os salteadores, degolando o último com um só golpe. O príncipe desceu do cavalo e observou os corpos sem vida.

Preso à cintura de um deles, um estranho cilindro de madeira trabalhada à mão despertou-lhe a atenção. Dentro do cilindro, Armury encontrou um pequeno e inusitado globo pétreo. Então ele arrancou o cilindro da cintura do cadáver e guardou-o em sua sela. O príncipe virou-se para os aldeões e percebeu que eles continuavam ajoelhados e imóveis na praça central. No meio da contenda, ele não notou que havia perdido sua máscara.

— O que estão esperando? Apaguem o fogo! – ordenou.

Assustados, os moradores agradeceram e passaram a apagar as chamas que consumiam algumas choupanas. Armury compreendeu que os aldeões não sabiam se estavam sendo salvos ou se eram vítimas de um novo e terrível inimigo. O príncipe montou em Árion e tomou novamente o rumo a Lanshaid, dessa vez com uma estranha e boa sensação de dever cumprido.

Tempos depois, o povoado salvo pelo príncipe amaldiçoado ergueria uma estátua ao cavaleiro da morte que surgira das labaredas para lutar por eles.

Há muitas léguas dali, Tisífone acordara sentindo dores atrozes pelo corpo. A luta contra Alecto havia deixado sérios ferimentos na erínia, que não sabia se conseguiria alçar voo novamente. Furiosa com a surra que levara da irmã, ela juntava forças para tentar alcançar o filho de Corônis antes que Alecto e Megera achassem-no e torturassem-no.

Desde o início das buscas ao garoto, a dúvida era companheira da erínia que entendia a solicitação de Hades mais como uma fraqueza do deus dos infernos do que como uma sentença justa a ser cumprida. E tudo se complicou quando Tisífone recebera a mensagem de Quíron, o centauro.

Em uma das muitas caçadas a assassinos hediondos, Tisífone separou-se por instantes das irmãs para realizar buscas em um labirinto. Qual não foi a sua surpresa ao encontrar o centauro com uma mensagem enviada por Lothuf de Epidauro. O centauro narrou os incidentes que envolveriam o nascimento de Asclépius, o suposto matricida que estavam caçando a pedido de Hades.

Porém a informação desconcertante fornecida por ele dizia que Asclépius não tinha sido responsável pela morte da própria mãe. Ela havia sido executada pelo próprio Apolo num acesso de ciúmes. Tisífone passou a questionar a busca pelo garoto especialmente quando soube que o pedido a Hades havia sido efetuado por Ártemis, a sedutora e ardilosa irmã gêmea de Apolo. Entretanto, diante da cegueira de Alecto, Tisífone não viu alternativa a não ser desviar do caminho do garoto, o que conseguira por quinze longos anos.

A morte de Lothuf acabou despertando a suspeita da irmã, uma vez que o alerta soara para Alecto com mais intensidade. Fiel à sua missão de aplicar as penalidades de maneira cruel, mas justa, Tisífone não aceitava a hipótese de torturar um inocente.

Agora, ferida e abandonada em meio à mata fechada, coberta por galhos e folhas, a erínia tentava reunir forças para levantar voo. Tisífone tentou bater as enormes asas, mas fracassou. Dores intensas indicavam a ruptura de seus membros alados. A erínia jogou-se ao solo derrotada.

Asclépius retornara à comitiva sensivelmente impressionado com as revelações que Lothuf fizera. Toda a simplicidade de sua maneira de encarar a própria vida fora substituída pela verdadeira saga que se desenrolava desde que sua mãe, Corônis, ousara desafiar os sentimentos de um deus.

O rapaz sentia uma enorme gratidão pela dedicação e pelo sacrifício do homem que o mantivera afastado das ameaças e permitira que chegasse à adolescência. Naquele momento, decidiu levar consigo o bastão de Lothuf como um símbolo de agradecimento e de fidelidade aos princípios do grande mago, responsável direto pela sua vida.

A princesa Brígida repousava na grande carruagem para suportar o longo trajeto até Lanshaid, o centro do mundo. A mensagem de Lothuf causara grande impacto na mente de Asclépius, preenchendo lacunas e abrindo espaço para novas questões.

Na segunda parada da comitiva, o rapaz apressou-se em ganhar uma distância segura para utilizar as cinzas do avô uma última vez.

Após o facho luminoso surgir trazendo com ele a silhueta luminosa de Lothuf novamente, Asclépius ficou paralisado.

— Asclépius, seu destino aponta para o cosmos, sua força ficará registrada na história da humanidade. Esta será a última vez que falarei com você por este estratagema. Neste momento, uma terrível criatura sucumbe por não aceitar os desígnios dos deuses; uma criatura que acabou ajudando a manter sua localização a salvo.

Uma monstruosa criatura escolheu ser fiel a princípios milenares a corromper sua conduta por capricho dos deuses. Você deverá fazer uma escolha que definirá o restante de sua existência. Não julgar pela aparência é uma das virtudes dos grandes sábios. E no final dessa epopeia, quando ouvir o chamado de Delfos e a flecha dourada for disparada, até mesmo o Olimpo curvar-se-á aos seus pés. Que a sabedoria esteja com você.

A mensagem em projeção encerrou-se cedo demais, frustrando as expectativas do rapaz. Ele atirou mais um pouco de cinzas ao chão e nada aconteceu. Asclépius ponderou sobre a última mensagem de Lothuf, avaliando que um teste muito rigoroso o aguardava mais adiante.

A comitiva prosseguiu em seu trajeto, vencendo légua por légua na direção de Lanshaid. Ao aproximarem-se da região de mata fechada, uivos atormentados despertaram a atenção de Asclépius. Enquanto os cavalos reagiam com temor, a comitiva buscava avançar para ultrapassar o lúgubre espaço limitado pela mata.

Quando ouviu novamente um uivo sobrenatural, Asclépius respirou fundo, pulou da carruagem e correu em direção à mata sem que pudessem impedi-lo. Alertado pelos guerreiros, Eathan saiu em sua procura, buscando proteger aquele a quem devia a recuperação de sua visão.

No meio da densa mata fechada, Asclépius deparou-se com uma visão surreal. Uma enorme criatura alada agonizava entre galhos de árvore, deixada para morrer longe dos olhos de eventuais passantes. Aproximando-se temerosamente da criatura, Asclépius ouviu um lamento e uma ameaça:

— Afasta-te daqui. Não existe nada que lhe diga respeito neste lugar – sussurrou a erínia.

— Sou Asclépius de Epidauro, neto de Lothuf e filho de Corônis. O destino nos uniu nesta trilha.

Tisífone silenciou-se diante das palavras do rapaz. A erínia entendeu que forças superiores estavam agindo naquele momento. A criatura fechou os olhos e permitiu a aproximação do filho de Corônis.

Asclépius juntou as mãos e as sobrepôs ao corpo ferido de Tisífone. A costumeira luz azul brilhou intensamente nas mãos do rapaz, promovendo seu efeito curativo por todo o corpo fustigado da imensa criatura. Ao terminar o processo, Asclépius afastou-se. Tisífone abriu os olhos e avaliou sua situação. Perplexa, ela descobriu que todas as dores e os ferimentos haviam desaparecido completamente. A erínia colocou-se de pé e observou firmemente o seu pequeno salvador.

— Por que me ajudou? – perguntou a criatura.

— Por que me ajudou? – respondeu Asclépius com outra pergunta.

— Não senti em você a culpa de um assassino – respondeu Tisífone desconcertada.

— Não senti em você a maldade de um monstro – falou Asclépius.

— Minha natureza é fazer justiça – disse a erínia.

— Minha natureza é ajudar os necessitados – replicou Asclépius.

— Nem todos merecem ajuda – desafiou Tisífone.

— Até você merece ajuda – concluiu o rapaz.

Tisífone ficou sem palavras. Tantas e tantas vezes ficara entre os homens e vira sua imagem espalhar o terror. Nunca imaginou ser digna da compaixão de um condenado.

— Asclépius de Epidauro, por que não utilizou o parentesco com Apolo para tentar escapar da minha fúria? – questionou a erínia.

— Não vejo mérito em ser filho de um deus homicida e vingativo – respondeu Asclépius.

Tisífone, então, abriu e abanou as imensas asas para confirmar sua plena recuperação.

— Agora tenho uma dívida com você, Asclépius de Epidauro. Siga em paz. Nos encontraremos em breve.

A criatura alçou voo e desapareceu nos ares no exato momento em que Eathan chegara ao local. O guerreiro aproximou-se do rapaz, intrigado.

— Pelos deuses! Meus olhos me enganam? Que espécie de demônio é esse que acabou de levantar voo?

— A justiça, meu amigo! Em sua verdadeira e assustadora face – respondeu Asclépius.

Ischys de Lapith estava arrasado. Ver sua grande paixão ser aniquilada sem a menor possibilidade de defesa abrira uma ferida incurável em sua existência. Sua percepção de que havia sido o responsável indireto pela morte da mulher amada consolidara-se com a inesperada visita do deus Apolo naquele fim de tarde. Seu pai, Elathus, havia repentinamente convocado toda a família para uma estranha reunião em sua morada.

Quando Ischys percebeu a espalhafatosa chegada de Apolo e sua comitiva entendeu o que viria a seguir. Ele nunca se esquecera da expressão de vergonha de seu pai diante do duro e humilhante discurso da divindade, atirando ao chão um fragmento de pedra opaco, da cor do carvão, alegando tratar-se da pedra do destino de Ischys, que jamais brilharia nessa vida mundana.

O tom de ironia e de menosprezo nas palavras de Apolo ao afirmar que o filho que Corônis esperava brilhava como diamante e, portanto, não podia ser filho de um reles mortal, determinou todas as suas escolhas a partir de então. Banido pelo pai, Ischys recebeu uma quantia de ouro referente à sua parte da herança. Ele caminhou sem rumo pelo mundo, buscando encontrar caminhos que permitissem alcançar a única coisa que ainda o mantinha vivo: a vingança.

Ischys mergulhou no submundo, gastando boa parte de seus recursos adquirindo relíquias místicas e contratando magos dispostos a orientá-lo nos caminhos da magia.

Obcecado com a ideia de vingança, Ischys criara sua trilha mística de maneira oblíqua, dedicando-se noite e dia, durante todos os seus dias, a aprender os segredos dos sortilégios. Inevitavelmente, ele conheceu inúmeros magos, mas aproximou-se dos piores e menos confiáveis feiticeiros do submundo, magos decadentes e praticantes de magia da pior espécie.

Em suas andanças, Ischys conheceu teorias e lendas, aprendeu rituais e feitiços, e viu seus planos quase ruírem quando ocorreu o acordo de paz entre Gzansh e Lanshaid. A partir do código de conduta estabelecido para disciplinar os praticantes de magia, a busca por aprimoramento tornou-se muito mais difícil e provocou um grande atraso em seus planos.

A consequente prisão de seu irmão, Ampycus de Lapith, o vidente, pela sua participação em uma revolta contra o código de conduta, só fez piorar a situação. Com a morte inesperada de Ampycus nas masmorras em Gzansh, Ischys passou a odiar ainda mais as duas cidadelas e a incluí-las em seu plano de vingança.

Com o tempo, o dinheiro de Ischys ficou escasso, e diante da necessidade de obter recursos, ele passou a oferecer seus serviços para soberanos mais facilmente impressionáveis, induzindo-os ao combate e amealhando parte de suas fortunas pessoais.

Nesse período, Ischys dedicava-se à lenda do pergaminho de Ábaris, o Aeróbata, um relicário que continha o segredo para sete feitiços inimagináveis. Durante seus estudos, Ischys desentendeu-se com um consagrado mago, Lothuf de Epidauro, grande estudioso das polêmicas "pedras do destino" que ele tanto odiava.

Ischys não aceitava a ideia de limitação do próprio destino presumida pelo "brilho ou não brilho" de uma simples pedra. Entre outras desavenças, Lothuf teria insinuado que o pergaminho das sete maldições não passaria de uma história fantástica contada para divertir os aficionados por magia.

Com as riquezas que conseguira juntar, Ischys, que já se apresentava como "Zefir, o terrível", descobriu manuscritos antigos que indicariam diversos locais onde Ábaris, na impossibilidade de destruir o pergaminho das sete maldições, teria ocultado o relicário para deixá-lo fora do alcance da humanidade.

Nesse meio tempo, o já pretenso feiticeiro havia incluído em sua lista de invasões as localidades onde o pergaminho poderia estar escondido, segundo seus estudos.

Assim, nos reinos de Shinar, em Balcária e no Vale de Sirim, entre os itens saqueados por seus guerreiros, Zefir conseguiu encontrar cinco pergaminhos repletos de símbolos místicos. Somando-se ao exemplar que havia recuperado na cratera do Vesúvio, Zefir tinha em mãos seis pergaminhos muito semelhantes entre si. O feiticeiro deduziu que, como seria impossível destruir o pergaminho, Ábaris teria criado um artifício inteligente, espalhando cópias dele por diversas localidades, dificultando a identificação do original.

Ao ousar registrar as sete maldições no pergaminho, Ábaris viu-se castigado pelo deus Apolo, que o impedira de destruir o material, obrigando-o a tornar-se guardião eterno daquele verdadeiro fardo, qual Atlas sustentando o peso do mundo nas costas. Um acordo com o próprio Apolo permitiu que todos os pergaminhos elaborados para confundir os mortais também se tornassem indestrutíveis, aumentando a confusão.

Dessa forma, todos os pergaminhos conteriam os segredos milenares para as sete maldições, entretanto somente um deles conduziria à elaboração perfeita de cada sortilégio. Diante dos resultados obtidos com as pragas em Gzansh e Lanshaid, Zefir passou a sentir na pele os efeitos das próprias escolhas. Sua saúde tornou-se frágil, começou a perder peso e viu sua visão ficar sensivelmente prejudicada.

Ao lançar a "Maldição do Esqueleto" sobre Lanshaid, o feiticeiro viu--se perplexo com a quebra inesperada da magia e a limitação de alcance a um único homem: o príncipe Armury. Já em Gzansh, a "Maldição da Noite Eterna" também foi quebrada após três dias, deixando somente uma pessoa cega: a princesa Brígida.

Após debruçar-se sobre os manuscritos por dias e noites a fio, Zefir descobriu pequenas variações na pronúncia de cada símbolo arcaico utilizado nos pergaminhos – as maldições haviam sido sutilmente alteradas. Provavelmente, Ábaris teria modificado o princípio original de cada maldição, cruzando as magias e convertendo-as em "sortilégio de primogênitos"

Ao perceber que havia criado uma maldição cruzada, Zefir deduziu que a eventual quebra do feitiço seria fatal para si próprio, uma vez que acabaria cego e transmutado em esqueleto. A incontestável Lei do Retorno.

Em suas buscas por um contrafeitiço, ele, mais uma vez, teve diante de si, Lothuf de Epidauro. Zefir possuía informações sobre os miraculosos poderes curativos do filho rejeitado de Apolo, que viveria sob proteção do velho mago. Além disso, um estudo publicado por Lothuf referia-se a uma antiga profecia celta que descrevia eventos muito semelhantes aos que havia deflagrado: "Na trigésima lua do céu de Sucellus, na terra dos guerreiros do Norte, a noite será eterna; na terra dos guerreiros do Sul, a carne abandoná-los-á. A última lâmina partida quebrará a maldição. Glória ao que tudo perdeu no exato momento em que venceu".

Zefir percebeu tarde demais os riscos a que, agora, estava exposto, uma vez que deflagrara a maldição cruzada inadvertidamente.

Sua última cartada foi seguir o caminho de Ábaris, o Aeróbata, e criar uma mudança sutil na interpretação da magia, algo tão absurdamente simples que confundiria o mais hábil dos feiticeiros. Ao pressentir a morte de Lothuf, o feiticeiro rejubilou-se, pois entendia que nenhum outro ser vivente conseguiria descobrir seu estratagema engenhoso. Ao mesmo tempo, capturar o filho de Apolo tornara-se muito mais fácil e consagraria a sua tão almejada vingança.

Zefir estava determinado e ainda restavam-lhe duas maldições para utilizar: "A Petrificação" e "A Invasão dos Dragões". Sua invasão à torre número 9, a mais afastada na cordilheira de Dracon, havia sido muito calculada.

Com o pergaminho de Ábaris em mãos, o feiticeiro levaria o povo de Lanshaid a descobrir que o terror também poderia vir do céu de Sucellus e que nem mesmo Taranis, o deus do trovão, poderia salvá-los.

Os portões milenares de Lanshaid poucas vezes receberam tão representativa visita. A família real de Gzansh, acompanhada de um grande séquito de membros da nobreza, pouquíssimas vezes deslocara-se para região tão distante de sua própria cidadela. As trombetas ecoavam conclamando o povo a saudar os recém-chegados.

O imperador K-Tarh, paramentado com suas vestes de gala, comandou pessoalmente a cerimônia de boas-vindas. Ao cumprimentá-lo, o rei Ziegfried não pôde deixar de perceber uma expressão de preocupação e tristeza.

— Saudações, ó grande K-Tarh, soberano de Lanshaid! Que as bênçãos de Taranis o fortaleçam!

— Saudações, ó grande Ziegfried, soberano de Gzansh! Que Taranis esteja sempre conosco!

— Perdoe a nossa presença tão pouco usual e beirando a indelicadeza, mas assuntos urgentes, que dizem respeito aos nossos grandes reinos, fizeram-nos chegar até aqui – explicou Ziegfried.

— A corte de Gzansh é e sempre será bem-vinda. Não precisamos de protocolos – respondeu K-Tarh.

As trombetas soaram novamente enquanto os moradores de Lanshaid manifestavam as boas-vindas aos visitantes de Gzansh. A família real foi conduzida até o grande salão, onde um farto banquete aguardava a todos.

Após as solenidades de recepção, a rainha Ellora, a princesa Brígida e Asclépius foram conduzidos ao salão acústico, onde uma orquestra de cordas executaria belas músicas típicas da península.

K-Tarh e Ziegfried reuniram-se na grande biblioteca, aguardando a chegada do Conselho de Anciãos, especialmente um nome muito recomendado: Tilbrok de Endorian.

— Percebo uma preocupação em seu semblante, meu amigo – disse Ziegfried na primeira oportunidade. Espero que nossa presença não seja inconveniente.

— Sua presença é um bálsamo nestes dias atribulados, amigo. Eu lhe asseguro. – respondeu K-Tarh. – Ouvi rumores de que os dias também não têm sido fáceis para você.

— De fato, nós, em Gzansh, estamos passando por um período, no mínimo, estranho, para ser comedido. Sofremos com uma estranha praga que cegou a todos os cidadãos. Fomos salvos pela ação providencial de um mago que, antes de falecer, orientou-nos a buscar socorro com um de seus conselheiros: Tilbrok de Endorian. Como já deve ter notado, minha filha ficou cega nesse evento sobrenatural.

— Um momento... – interrompeu K-Tarh, intrigado. – Todos estavam cegos, exceto Brígida... Após o evento, todos voltaram a enxergar e ela... ficou cega?

— Exatamente! – respondeu Ziegfried, assombrado. – Já ouviu algo assim?

K-Tarh narrou ao soberano amigo todas as desventuras advindas do ataque de Zefir e seu desdobramento na figura cadavérica em que o desaparecido príncipe Armury havia se transformado. Ziegfried ouviu a tudo com perplexidade e percebeu a importância da orientação de Lothuf.

— Pelos deuses! – exclamou o rei Ziegfried. – Agora entendo o que Lothuf quis dizer com "destinos entrelaçados". Nossos primogênitos foram as vítimas que restaram nesse grande enigma.

— Creio que subestimamos a capacidade desse misterioso Zefir – lamentou K-Tarh. – Confesso que poucas vezes senti tamanha insegurança na condução dos destinos de Lanshaid. O desaparecimento do meu filho me desestabilizou completamente. E, agora, a morte de um grande guerreiro e amigo pessoal da nossa família aumentou a lista de tormentas a que estamos submetidos.

— Sinto muito – lamentou Ziegfried.

— São os desígnios dos deuses. Espero que Taranis conduza os passos de Armury e que Enid esteja sob a glória de Sucellus – concluiu K-Tarh.

— Entretanto o temido Zefir, após as valiosas orientações de Lothuf, não é mais um vulto misterioso. Na verdade, Zefir é o pseudônimo de Ischys de Lapith, filho de Elathus da Tessália, irmão de Ampycus, um vidente que acabou morrendo nas masmorras em Gzansh.

— Por Taranis! – exclamou K-Tarh. – E Lothuf fez alguma conjectura sobre as motivações desse Ischys de Lapith?

Nesse instante, os membros do Conselho pediram permissão e juntaram-se aos soberanos na grande biblioteca. Tilbrok fez as saudações e apresentou os demais conselheiros para o rei Ziegfried.

Após as formalidades, todos passaram a analisar a situação crítica vivida pelos seus respectivos reinos e as possíveis vias de solução.

— Uma honra conhecer a todos! – exclamou o rei Ziegfried. – O grande mago Lothuf de Epidauro, antes de falecer, recomendou-nos esta visita para que pudéssemos nos beneficiar da vossa sabedoria, senhores.

— Então meu velho amigo Lothuf atravessou o rio da morte... – lamentou Tilbrok. – Uma pena não ter tido a oportunidade de me despedir dele. Uma perda irreparável. Além de grande mago era um grande homem!

— Lothuf tem a gratidão eterna de todo o povo de Gzansh – falou Ziegfried. – Ele usou suas últimas forças para restituir a luz ao meu povo. Seu neto, Asclépius, faz parte de nossa comitiva. Um rapaz com uma alma brilhante como a do falecido avô.

Tilbrok hesitou. Parecia não estar acreditando nos próprios ouvidos.

— Um momento, majestade... Perdoe o atrevimento... Asclépius de Epidauro faz parte da vossa comitiva?

— Atrevimento algum, conselheiro! Fique à vontade! – respondeu Ziegfried. – Como eu disse, Asclépius está entre nós, mais precisamente no salão acústico, de onde escutamos tão belas músicas.

— Acredito que os deuses estão agindo silenciosamente, majestade! – exclamou Tilbrok. – A presença do garoto aqui em Lanshaid não pode ser mero acaso. Tive pouco contato com Lothuf nos últimos anos, especialmente por conta de sua decisão de tornar-se recluso para proteger o menino. Décadas atrás trabalhei com Lothuf em diversas pesquisas, aprimorando a magia e descobrindo relíquias milenares da trilha mística. Lothuf cresceu sob a religião grega e eu sempre segui a religião celta. Nossas divergências terminaram quando nos aprofundamos na trilha mística. Descobrimos que a magia é uma força grande demais para o homem comum e não iniciado. Criamos a base do código de conduta, adotado pelos grandes reinos de toda a península. O rei Ziegfried foi o precursor do código quando adveio o milagre de Gzansh: o nascimento da princesa Brígida.

— De fato, o nascimento de minha filha marcou o meu renascimento – comentou Ziegfried. – Creio que entendem meu desespero em lutar até as últimas consequências para restabelecer-lhe a visão.

— Em verdade, Lothuf fechou-se em magias para proteger o neto, um menino nascido do ventre de Corônis, fruto de seu relacionamento com o deus Apolo.

Ziegfried impressionou-se com a revelação.

— Apolo? O deus dos gregos? Por Taranis! Essa parte da história o mago não nos revelou!

— Lothuf teve grandes problemas com a paternidade. Optou por deixar a criação de Corônis sob a responsabilidade de outra família. Um amigo em comum, Quíron, o magnífico centauro, fez os ajustes para que o rei Flégias da Tessália adotasse a menina. Entendam, a doce Semíramis esposa de Lothuf, faleceu durante o parto. Isso destruiu o emocional do meu velho amigo. Longe de mim tecer algum julgamento desse seu ato desesperado. E Lothuf pagou com lágrimas de sangue por essa dura escolha.

Ele acabou criando o filho de Corônis, seu neto, rejeitado por Apolo, também por intervenção de Quíron. Mas o grande mistério que se operou na vida do pequeno Asclépius foi o seu incrível dom da cura. Isso despertou cobiça nos homens e ira em alguns deuses. Por conta de suas nefastas relações familiares, o garoto acabou perseguido desde muito cedo e Lothuf passou a protegê-lo como pôde.

— Tivemos a oportunidade de observar os efeitos dos poderes impressionantes do rapaz. Ele curou a cegueira de um de nossos mais valorosos guerreiros – comentou o rei Ziegfried.

— Sim, muitos foram os prodígios que esse rapaz operou em seu curto tempo de vida. Ainda na Tessália, o garoto era conhecido como Epius. Após a cura milagrosa que operou nos olhos do tirano Ascles, ele passou a ser chamado de Asclépius. Seria muita ousadia de minha parte pedir permissão para conhecê-lo pessoalmente? – perguntou Tilbrok.

O rei Ziegfried, com a permissão do imperador K-Tarh, solicitou que Asclépius fosse conduzido a sua presença na grande biblioteca do palácio de Lanshaid. O jovem surgiu logo depois, acompanhado por Eathan, seu incansável protetor.

— Senhores, apresento-lhes Asclépius de Epidauro, grande amigo e hóspede transitório em Gzansh, seguido por nosso guerreiro, Eathan, prova viva dos poderes miraculosos do rapaz.

— É uma grande honra conhecer o neto do meu grande amigo, Lothuf de Epidauro! – adiantou-se Tilbrok. – Suas ações altruístas e miraculosas o precedem.

— A honra é toda minha, senhor Tilbrok! Sinto-me diante de um velho e conhecido amigo por tantas histórias que tive o prazer de ouvir meu avô contar – respondeu Asclépius.

Tilbrok abriu um sorriso. Reconhecia em Asclépius a cordialidade e os maneirismos verbais do velho amigo Lothuf.

— Quem sai aos seus não degenera! – exclamou o conselheiro. – Lothuf fez um ótimo trabalho com você. É reconfortante reencontrá-lo após tanto tempo. Para falar a verdade, estive com você quando ainda era um bebê. Hoje vislumbro no jovem o grande homem que há de se tornar.

— Meu avô pediu para dar-lhe algumas informações. Ele disse: "O pássaro carbonizado o visitou". Não consegui entender essa solicitação...

— Lothuf era muito engenhoso. Imaginei que arranjaria um jeito de interferir em nosso auxílio mesmo do outro lado – falou Tilbrok. – Senhores, o corvo é o pássaro de estimação do deus Apolo. Ele era originalmente branco, mas o pobre pássaro teve a infeliz ideia de revelar ao deus informações sobre um romance secreto de sua companheira. Apolo, possessivo e reconhecido por atitudes exageradas, fulminou a ave com os olhos e ela adquiriu esse aspecto carbonizado que exibe atualmente.

— A companheira em questão era minha mãe... – disse Asclépius para uma pequena e impressionada plateia.

— Seu avô encontrou coragem para lhe contar? – surpreendeu-se Tilbrok. – Foram tantos os debates que tivemos sobre essa terrível revelação.

— Ele não conseguiu me contar em vida, mas me revelou após a morte – explicou Asclépius.

— Entendo... – disse Tilbrok. — Lothuf era grande conhecedor de um antigo ritual tocariano, o "Monólogo das Cinzas". Ele chegou a insinuar que poderia utilizar-se desse artifício...

— Monólogo das cinzas? – perguntou Ziegfried, surpreso.

— Antes de morrer, meu velho amigo embeberia suas vestes em um líquido previamente preparado com uma substância altamente inflamável e sensível, uma receita conhecida por pouquíssimos magos. A solução permite, após o corpo ser consumido pelas chamas numa pira, uma conexão com a antiga essência, liberando uma mensagem que o mago mentalizaria antecipadamente – explicou o conselheiro.

— Sim, foi exatamente assim! – falou Asclépius. – Eu pude vê-lo e ouvir sua mensagem claramente, mas ele não me ouvia.

— É uma via de mão única. Foi a maneira que seu avô encontrou para responder-lhe perguntas difíceis, eu suponho – comentou Tilbrok. – Continuando, o corvo é um mensageiro de Apolo. Sua presença indica que o próprio deus está interferindo e Lothuf, de alguma maneira, descobriu isso.

— Apolo teria alguma participação na cegueira da minha filha ou no desaparecimento do príncipe Armury? – questionou o rei Ziegfried, incrédulo.

— Não creio, majestade – respondeu Tilbrok. – A intervenção de Apolo ainda é um mistério. Aliás, mais um mistério entre tantos. Mas está acontecendo.

— E meu avô pediu para mostrar-lhe isto – disse Asclépius, entregando um pergaminho para Tilbrok. – Ele me escreveu sua última carta no verso.

Tilbrok analisou o pergaminho detalhadamente. Após alguns segundos, o conselheiro abriu um sorriso:

— Isto que tenho em mãos é, provavelmente, a chave para toda essa crise, senhores! – exclamou, entusiasmado. – Lothuf é diretamente responsável por toda essa crise não ter se tornado uma catástrofe irreversível. Estamos muito perto de resolver o enigma graças a este pergaminho.

Ziegfried e K-Tarh olharam-se surpresos. As palavras de Tilbrok pareciam a melodia de uma linda canção que começava a soar em meio ao caos.

Um único guerreiro dos nove enviados para uma urgente e tenebrosa missão chegou, finalmente, ao portal de acesso às montanhas de Dracon. Após sobreviver ao surpreendente ataque do "cavaleiro da morte", o combalido soldado não teria boas notícias a passar para o seu líder. Ao aproximar-se da passagem secreta demarcada a 150 jardas da primeira torre de vigia, o homem pegou um cilindro de madeira que trazia preso à cintura e retirou dele um "orbe de transposição".

Elaborado com uma antiga fórmula mágica, o pequeno artefato permitia o deslocamento dos soldados até a torre 9 em tempo real e sem a necessidade de percorrerem os vários e acidentados quilômetros de subida altamente penosa da cordilheira, um brilhante e impressionante estratagema recriado por Zefir. Não seria a primeira vez que o homem executaria a transposição, que ele detestava.

Apavorado, atirou o globo pétreo ao chão e viu surgir, no meio de uma explosão de luz, uma passagem que o levaria diretamente ao seu destino.

Chegando ao acesso à torre 9, o soldado arrastou-se até a câmara principal, onde Guilles de Lefréve, naquele momento, orientava os guerreiros restantes.

— Prestem atenção! – gritava Guilles. – O velho mago Lothuf de Epidauro partiu para o inferno. O garoto está exposto. Ao meu sinal, partiremos e o capturaremos conforme o plano. O grande Zefir está finalizando os preparativos. Fiquem alertas!

O guerreiro ferido entrou na câmara e jogou-se ao chão, exausto. Foi imediatamente socorrido por companheiros, que levaram água até sua boca. Guilles não se abalou. Aguardou que o homem bebesse e perguntou:

— Onde estão os outros?

— Mortos. Fomos atacados por um demônio na estrada... – respondeu o soldado prostrado.

— Um demônio? Que história é essa? – perguntou Guilles.

— Um homem sem carne, um guerreiro infernal. Um esqueleto massacrou a todos com sua espada demoníaca. Só escapei porque fingi estar morto.

— Você quer me enganar que um demônio não percebeu que você estaria vivo? questionou Guilles. – E o corpo de Katára?

— Enterrado sob o grande carvalho centenário no cemitério do Mosteiro de Dea Matrona, conforme as ordens – mentiu o soldado.

— A espada?

— Junto ao corpo.

— Então valeu a pena – concluiu Guilles. – Cuide desse ferimento e depois apresente-se para novas ordens – encerrou o líder.

Amparado pelos companheiros, o guerreiro foi levado para um leito, onde adormeceu. Na madrugada, a infecção tomou conta de seu ferimento, espalhando-se pelo corpo e levando o homem a fazer a "viagem" na banca de Caronte.

Na manhã seguinte, Zefir convocou seus guerreiros. A insanidade em seu olhar e o ódio em suas palavras confusas deixaram os homens seriamente preocupados:

— Minha vingança é meu caminho e o ar que eu respiro! Ouro? Não me interessa! Poder? Nobreza? Desígnios mundanos! Minha trilha conduzirá ao Olimpo, onde farei tremer os chamados deuses! Tudo que fiz foi friamente calculado. Vocês participarão de minha glória! As grandes cidadelas tremem ao ouvir o meu nome. Em breve, também o Olimpo há de tremer! Hoje, dois últimos sortilégios liberarei. Tudo acontece conforme o planejado!

Em seguida, de maneira trôpega, o feiticeiro tomou em suas mãos um pergaminho e iniciou um antigo e pouco conhecido ritual. As palavras que pronunciava em um dialeto arcaico fizeram gelar o sangue nas artérias dos guerreiros. Naquele momento, há léguas dali, dezenas de soldados de Lanshaid, constantemente de prontidão nas torres de vigia e monitoramento, foram imediatamente petrificados, convertidos em estátuas de pedra sem a menor possibilidade de reação.

A fronteira entre as montanhas de Dracon e a península de Lanshaid estaria, a partir de então, totalmente desguarnecida.

Árion galopava incansavelmente no caminho para Lanshaid, conduzindo seu amaldiçoado cavaleiro rumo ao seu destino. Armury lutava para manter os pensamentos em ordem. A figura do ancião que encontrara na estrada ainda estava, surpreendentemente, vívida em sua mente. Seguir rumo a Lanshaid em busca de seu destino era a frase que repetia de forma contínua mentalmente. Em pouco tempo, ele vislumbrou, ao longe, a imponente muralha da cidadela, outrora tão familiar e acolhedora, mas repentinamente ameaçadora, sobretudo para um morto-vivo desmemoriado.

O príncipe percebeu a aproximação de quatro cavaleiros seguindo lentamente em sua direção. Imediatamente, apanhou a espada e fez com que Árion reduzisse a velocidade. Armury notou que os homens fizeram o mesmo. Após uma breve confabulação, um deles tomou a dianteira e aproximou-se vagarosamente.

— Príncipe Armury! – saudou o cavaleiro. – Enfim o localizamos!

— Vocês me conhecem? – questionou o príncipe.

— Sou Baltar de Lanshaid, majestade! Não se lembra de mim? Estou no comando do grupo de buscas – respondeu o guerreiro. – Seu pai o aguarda ansiosamente.

Armury avaliou a expressão do guerreiro e não sentiu ameaça.

— Como posso entrar na cidade... na atual condição? – perguntou o príncipe.

— Todos sabemos da maldição, ó grande Armury! Venha conosco, por favor.

Então o príncipe guardou a espada e decidiu seguir em companhia dos cavaleiros. Aproximando-se do grande portal, Armury observou a movimentação de pessoas em razão da visita da corte real de Gzansh. Percebeu os olhares assustados de alguns moradores, mas entendeu que não seria hostilizado.

— Quanto tempo estive fora? – perguntou.

— Estamos nos revezando em sua procura há oito longos dias – respondeu o soldado.

Baltar acenou para o campanário e as trombetas soaram novamente, com um toque característico da família real de Lanshaid. O príncipe Armury estava em casa.

O rei K-Tarh, ainda na biblioteca, levantou os braços e agradeceu aos deuses:

— Por Cerridwen! Minha sorte começou a mudar! – comemorou. – Meu filho, enfim, está de volta!

O príncipe foi cercado pelos guerreiros e conduzido pela entrada lateral do palácio a seu pedido. Árion, exausto, foi levado à estrebaria real, onde foi alimentado e pôde, finalmente, descansar.

O imperador K-Tarh, acompanhado pelos conselheiros e visitantes, dirigiu-se à antessala principal, ao lado da câmara onde Armury e seus soldados aguardavam-no. Baltar, que estava à porta, atualizou o rei sobre a situação do príncipe:

— Ele está sem memória, majestade. Lembra-se de fragmentos. Não reconhece a cidadela nem os soldados. Tem pouca lembrança inclusive de si próprio – informou o soldado.

— Obrigado, Baltar – disse o imperador, visivelmente consternado.

K-Tarh aproximou-se da porta do vestíbulo e hesitou. Em seguida, virou-se para seus acompanhantes e preparou-os:

— Senhores, não será uma visão agradável. Meus conselheiros e eu já estamos adaptados dentro do possível. Entenderei se preferirem não entrar.

— Estamos aqui para ajudar e tenho a impressão de que de nada valeremos se não soubermos com o que estamos lidando, meu amigo – respondeu o rei Ziegfried-

— Não posso ajudar com a magia, mas posso ajudar com a memória – comentou Asclépius.

K-Tarh agradeceu a disposição de todos e abriu a porta da antessala. Afastado dos soldados, Armury olhava para fora do palácio pela grande janela da vigia. De costas para os recém-chegados, o príncipe não demonstrou reação.

O imperador aproximou-se e iniciou a conversa:

— Bem-vindo de volta, meu filho...

Armury não respondeu. Ele removeu o capuz de sua cabeça descarnada e manteve-se de costas para seu pai.

— Estávamos preocupados, Armury. Não deixamos de procurar por você um dia sequer...

Lentamente, o príncipe virou-se e encarou seus interlocutores. O rei Ziegfried não conseguiu conter sua expressão de espanto. Os conselheiros não demonstraram surpresa e Asclépius encarou o príncipe com a mais pura piedade.

— Não consigo me lembrar de vocês... Não me lembro de quase nada – disse o príncipe.

Asclépius aproximou-se:

— Eu posso ajudá-lo, se o permitir – propôs o rapaz.

— O que mais eu poderia perder? – concluiu Armury.

Asclépius pediu para o príncipe abaixar-se. Armury obedeceu, apoiando-se num dos joelhos. Então o rapaz posicionou as mãos sobre o crânio do príncipe, onde a costumeira luz azulada passou imediatamente a brilhar. Uma profusão de memórias represadas inundou a mente do príncipe. Armury repassou em segundos todos os últimos dias aparentemente apagados de sua vida, desde que quebrara a lâmina do último guerreiro de Zefir. Após alguns instantes, Asclépius afastou-se e aguardou. Em seguida, Armury levantou-se e encarou o pai:

— Se não fosse minha aparência terrível eu lhe daria um abraço, meu pai...

K-Tarh não respondeu. Aproximou-se de Armury e abraçou-o com o mesmo ímpeto de tempos atrás, antes de maldições ou magias obscuras. O príncipe lutou para conter as lágrimas, mas fracassou diante do choro raro e inesperado de seu pai. Visivelmente emocionados, Asclépius e Ziegfried descreviam a cena para a princesa Brígida. Tilbrok, disfarçadamente, enxugou uma lágrima teimosa. Por instantes, todos os problemas pareciam ter desaparecido.

— Perdoem-me, senhores. Imagino o quão desagradável é contemplar esta minha figura – disse o príncipe, recuperando-se. – Mas finalmente, graças a esse rapaz a quem ainda não fui oficialmente apresentado, consigo lembrar de toda essa saga inglória.

— Sou Asclépius de Epidauro. E fico muito feliz em poder ajudar.

— Epidauro? Asclépius, neto de Lothuf! – disse o príncipe. – Tantas histórias Tilbrok me contou sobre seu avô.

— Vejo que a intervenção de Asclépius foi extremamente eficiente! – exclamou Tilbrok.

— Sim, meu velho! Lembro-me de tudo. Inclusive que quase entrei em luta contra Baltar e o grupo de buscas. Por favor, alguém transmita minhas desculpas a eles. – solicitou Armury. – E Enid? Como está? Quando me afastei de Lanshaid ele estava em tratamento por um grave ferimento de batalha – falou em seguida.

— Não existe uma maneira fácil de dizer isso, meu filho, mas Enid não resistiu. Faleceu nesta manhã – respondeu K-Tarh.

— Por Taranis! Enid não! – lamentou o príncipe. – Meu grande amigo, meu irmão de batalha! Como pude apagar tudo isso da minha mente?

— A névoa do esquecimento é um dos desdobramentos implacáveis desse sortilégio – explicou Tilbrok.

— Foi exatamente isso que o ancião me disse! – exclamou Armury, surpreso.

— Ancião? – perguntou Tilbrok.

— Coisas muito estranhas aconteceram comigo desde que alcancei o Mosteiro de Dea Matrona.

— Tão longe?! – exclamou K-Tarh. – Por isso os grupos de busca falharam. Não imaginávamos tamanha distância.

Armury narrou todos os incidentes envolvendo sua visita ao distante mosteiro, desde a aparição da estranha silhueta na biblioteca até o encontro com o desconhecido ancião na estrada.

— Na noite em que faleceu, meu avô disse ter localizado a terceira vítima dessa tragédia na "casa da divina deusa mãe" – disse Asclépius, impressionado.

— Dea Matrona — "a divina deusa mãe"… – concluiu Tilbrok. – Lothuf deve ter realizado uma projeção astral e foi ao encontro de Armury.

— Se Tilbrok está dizendo sou forçado a acreditar nessa possibilidade. Seja quem for, ajudou-me a encontrar o livro e entregou-me uma estranha pedra vermelha, que deixei presa à sela de Árion.

— A pedra do destino! – explicou Asclépius, entusiasmado. – Era meu avô, com absoluta certeza! Ele utilizou a pedra da princesa Brígida para quebrar a magia em Gzansh. Você é o dono da terceira pedra.

— Mas aqui em Lanshaid a maldição foi quebrada segundo a profecia do oráculo, não foi? – questionou o rei K-Tarh.

— Sim, a "última lâmina quebrada" do último soldado de Zefir – completou Armury.

— Senhores, Lothuf enviou-nos o pergaminho e diversas pistas para que decifremos esse enigma – explicou Tilbrok. – Ao insistir que fossem à minha procura, deduzo que a solução está em algo que fizemos ou descobrimos no passado.

— As runas! – exclamou Zardoz. – "As respostas estão no passado e o passado iria nos fazer uma visita"!

— Eu sempre reclamei que essas runas nunca falam claramente – disse K-Tarh. – Mais claro do que isso impossível!

— Lothuf sempre foi muito astuto. Voltemos à biblioteca – propôs Tilbrok. – Precisaremos do livro que o príncipe Armury trouxe com ele. Tudo isso, juntamente ao pergaminho que Asclépius entregou-nos, ajudará a elucidar esse mistério – concluiu o conselheiro.

Asclépius estava um pouco hesitante. Diante de toda a consternação pela morte de Enid, o guerreiro, julgava que poderia interferir apesar de saber que se colocaria em perigo novamente. Enquanto retornavam para a biblioteca, o rapaz pediu a atenção de K-Tarh:

— Majestade, eu poderia ver o corpo do falecido Enid de Gantor?

— Não vejo empecilho para isso, meu rapaz, mas a essa altura ele já deve estar cruzando o rio da morte – respondeu o rei, inconformado.

Asclépius seguiu em silêncio junto aos demais rumo à câmara mortuária onde o corpo de Enid era preparado para a cremação. Paramentado com as vestes nas cores do clã Gantor, o guerreiro parecia apenas adormecido. O grande ferimento no abdome estava oculto por bandagens e pelas vestes. Armury, K-Tarh e os demais presentes reagiam com incredulidade diante da morte daquele que era considerado o melhor guerreiro de Lanshaid depois do próprio Armury. Sacerdotes cantavam nênias em honra a alma de Enid para que ela ascendesse ao céu de Sucellus. Asclépius pediu permissão e aproximou-se do corpo inerte do guerreiro.

K-Tarh não entendeu a intenção do rapaz e buscou alguma explicação de Tilbrok.

— Muitos e misteriosos são os prodígios que esse rapaz operou, majestade. Mas não sei se estamos preparados para o que pode acontecer agora nesta câmara – sussurrou Tilbrok, enigmático,

Asclépius caminhou lentamente ao redor do leito sepulcral onde repousava o corpo de Enid. Repentinamente, o rapaz parou e estendeu os braços na direção do tórax do falecido soldado, sobrepondo suas mãos exatamente em seu inerte coração. Em instantes, uma luz azul começou a brilhar entre as mãos do rapaz, refletindo-se por toda a região torácica do cadáver, ao mesmo tempo em que o próprio Asclépius passou a refletir a luz azulada por todo o seu corpo.

O brilho foi aumentando de intensidade, deixando levemente ofuscados os impressionados e incrédulos espectadores. De repente, como surgiu, a luz apagou-se no exato momento em que Asclépius, cambaleante, era amparado por Eathan.

Por longos instantes todos aguardaram em silêncio, boa parte deles sem saber exatamente o que estaria acontecendo ou qual o significado daquele estranho ritual

— Enfim, que o grande Enid esteja sob a glória de Sucellus – declarou K-Tarh, um tanto confuso, após verificar que Asclépius estava bem,

— Não pretendo cruzar o rio da morte tão cedo, majestade! – respondeu abruptamente uma conhecida e cansada voz.

Entre pânico e euforia, uma grande confusão instalou-se na câmara mortuária. Dois auxiliares de preparação fúnebre desmaiaram quando perceberam que Enid estava vivo. Outros caíram de joelhos orando para os deuses. O rei K-Tarh não conseguia acreditar nos próprios olhos. Tilbrok e os conselheiros correram para acudir o guerreiro que, milagrosamente, levantou-se dos mortos diante de todos eles.

Enid recuperou as forças e, ainda sem entender muito bem o que estava acontecendo, encarou Armury:

— Você precisa repensar essa dieta, meu amigo!

— Bom, pelo jeito você estava "morto" de saudades – respondeu Armury.

Os amigos cumprimentaram-se animadamente. A notícia sobre a inacreditável ressurreição de Enid espalhou-se por toda a cidadela em pouquíssimo tempo. Uma grande multidão reuniu-se na praça principal de Lanshaid para aguardar a presença do aclamado guerreiro e de seu salvador, o incrível Asclépius de Epidauro. A lenda de Asclépius acabara de ganhar uma de suas mais impressionantes páginas. E naquele momento sua vida estava realmente em sério perigo.

Ocultas em uma caverna há muitas léguas dali, Alecto e Megera despertaram ao mesmo tempo.

— Você sentiu isso? – perguntou Alecto, impressionada.

— Sim! Dessa vez foi muito mais forte! A luz azul brilhou como nunca antes – respondeu Megera.

— Foi muito nítido desta vez! O garoto é descuidado. Ele está em Lanshaid. Devemos alcançá-lo em poucas horas – calculou a mais feroz das erínias.

— Como estará Tisífone? – perguntou Megera.

— Espero que apodreça e desapareça entre os vermes – grunhiu Alecto. – Foram quinze anos jogados fora,

— Você faz parecer simples. Teremos contas a prestar – resmungou Megera.

— Estou disposta a enfrentar o tribunal do Olimpo. Não se preocupe – encerrou Alecto.

Nesse instante, um grande facho de luz surgiu à entrada da caverna, deixando as duas erínias assustadas. Em poucos segundos uma linda mulher surgiu em meio à luminosidade.

— Olá, garotas! Que "belíssimo" local escolheram para passar a noite! — ironizou a entidade.

— Ártemis ... – resmungou Alecto, irritada. – Que péssimas notícias a trazem aqui?

— Felicitações, Alecto, pelo magnífico trabalho realizado na busca do filho daquela mortal. O que são quinze anos para quem tem a eternidade, não é?

— Ele está em Lanshaid. Nós já sabemos... Interrompeu Megera.

— Olá, Megera! Sempre tão educada e eficiente! Vocês "já" sabem... Que ótimo! E o que, exatamente, pretendem fazer para concluir essa tão brilhante missão? – provocou a irmã de Apolo.

— Em poucas horas esse moleque estará nas masmorras de Hades. Eu lhe garanto! – falou Alecto, tentando conter o ódio.

— Olha... Que ótimo! Alecto garante... Sua última garantia durou quanto tempo mesmo? Ah, sim, quinze anos!

— O mago estava interferindo! Você bem sabe! – tentou justificar Megera, aos gritos.

— Ah, é verdade, o mago! Um mortal, não é? Se não estou enganada, ele comprovou a própria mortalidade recentemente. Está, agora, no reino dos mortos, rindo da vergonha que fez as "enviadas dos deuses" passarem,

— O que a traz até aqui além dessa necessidade incontrolável de fazer o inferno parecer um local confortável? – perguntou Alecto à beira de um ataque de fúria.

— Vejam só... A mais furiosa das erínias tem senso de humor! Vejamos se ele se mantém quando descobrir que a irmãzinha piedosa localizou o filho de Corônis antes de vocês... – disparou Ártemis, com um sorriso irônico,

— Do que você está falando? – grunhiu Alecto.

— Olha! Consegui despertar a atenção dela! Vejamos... São três erínias, certo? Número um: Alecto, a implacável, eternamente encolerizada. Encarrega-se de castigar delitos morais como a ira, a cólera e a soberba. A que espalha pestes e maldições, seguindo o infrator sem parar, ameaçando-o com fachos acesos, não o deixando dormir em paz. Número dois: Megera, a que personifica o rancor, a inveja, a cobiça e o ciúme. Castiga principalmente os delitos contra o matrimônio, em especial a infidelidade. Persegue eternamente, gritando nos ouvidos do criminoso, lembrando-lhe das faltas que cometeu. Número três: Tisífone, a vingadora dos assassinatos, matricídio, fratricídio. É a que açoita os culpados e enlouquece-os e... Nossa! Não temos a número três aqui! Será porque ela está "linda", leve e solta por força dos poderes miraculosos daquele rapazinho tão solícito?

— Você não pode estar falando sério! – rosnou Alecto.

— Pois é... Uma pena vocês só sentirem as vibrações dos mortais, não é? Nem fazem ideia do que Tisífone está fazendo neste exato momento – ironizou Ártemis, com olhar firme em Alecto.

— Aquela miserável... – resmungou a erínia.

— Enfim, queridas, cheguei a este local tão pitoresco para prestar solidariedade e oferecer minha colaboração para que consigam concluir essa "tão complexa" missão. Espero que eu não precise retornar daqui a... sei lá... mais uns quinze anos? Considerem esta visita como um alerta para que vocês continuem sendo as fúrias. Ou eu ficarei furiosa! – ameaçou a deusa. – O tempo das desculpas já passou e ele durou quinze anos!

Um grande flash de luz explodiu e a deusa desapareceu no meio dele, deixando duas erínias extremamente irritadas.

Alecto resmungava e amaldiçoava a possível traição de Tisífone relatada por Ártemis. Sua antipatia pela irmã de Apolo só aumentara desde que a erínia percebera o poder que a deusa exercia sobre Hades, o soberano dos infernos.

Tisífone hesitara e fora castigada pela própria irmã por ajudar Asclépius a esconder-se e escapar por quinze anos. A possibilidade de a irmã estar atuando diretamente na proteção do garoto deixou Alecto possessa. Mas o extremo interesse agora, evidenciado por Ártemis, fez acender uma luz de alerta na cabeça da erínia.

— E se Tisífone estiver certa? – perguntou Megera, lendo os pensamentos da furiosa irmã.

Enid de Gantor estava, impacientemente, sendo avaliado pelos estupefatos médicos de Lanshaid. Após a impressionante intervenção de Asclépius, o guerreiro regressara do mundo dos mortos, assombrando a todos os habitantes da cidadela. Vários dos incrédulos doutores haviam trabalhado diretamente nos ferimentos do guerreiro e tinham acompanhado pessoalmente sua deterioração física e consequente morte.

Agora, diante de sua surpreendente recuperação, buscavam uma justificativa plausível e, porque não, mais digerível para o aparente milagre operado pelo neto de Lothuf de Epidauro.

— Provavelmente, Enid estava em um estado de catatonia, com os batimentos cardíacos reduzidos ao limite mínimo, devido a uma reação imprevista à infecção – conjecturou um deles.

— E a catatonia cessou com a infecção, no momento exato em que Asclépius promoveu sua ação de cura? – questionou Tilbrok. – E o ferimento fechou e cicatrizou por um estranho fenômeno orgânico? Por favor, senhores, não tentem ofender a nossa inteligência.

Após a liberação por parte dos contrariados médicos, Enid decidiu retomar imediatamente suas atividades militares na liderança das forças de Lanshaid, além de dedicar-se à busca da solução para a maldição que se abatera sobre o príncipe Armury.

Motivados pelo regresso milagroso de seu líder, o exército de Lanshaid recobrou a motivação e a determinação, crendo em uma suposta intervenção direta e providencial dos deuses ao seu favor.

Enquanto isso, o Conselho de Anciãos reunia-se para avaliar os novos elementos incluídos na busca da solução do enigma das maldições que Zefir – agora identificado como Ischys de Lapith – deflagrara sobre ambos os reinos.

Tilbrok acendeu uma vela para fazer uma surpreendente demonstração aos demais presentes. Com o pergaminho fornecido por Asclépius em mãos, iniciou sua explanação:

— Ábaris, o Aeróbata, sumo sacerdote de Apolo, era um grande vidente com um grau elevado no mundo da magia. Entretanto tornou-se vítima de sua própria habilidade ao ousar trazer para este mundo os segredos que permitiriam a realização das sete maldições. Ao descrever num pergaminho os passos para a realização dos sortilégios, Ábaris acabou castigado por Apolo, que não aceitou a ideia de ver tamanho poder ao alcance dos mortais.

O castigo de Ábaris envolveria sua eterna escravidão ao segredo que ele desvendou, recebendo a incumbência de manter o pergaminho eternamente fora do alcance da humanidade.

Primeiramente, Ábaris tentou destruir o pergaminho, mas descobriu que Apolo havia tornado isso impossível. Segundo consta, nem mesmo as lavas do Vesúvio puderam dissolvê-lo, o que era incrível, uma vez que todos conhecemos a fragilidade do papiro. Assim, ele buscou meios e locais para ocultá-lo de maneira que nunca fosse encontrado. Agora senhores, por favor, observem.

Tilbrok aproximou o pergaminho das chamas da vela e, para surpresa geral, o fogo não conseguia consumi-lo.

— Pelos deuses! – exclamou o rei Ziegfried. – É o verdadeiro pergaminho de Ábaris, o Aeróbata?

— Um dos pergaminhos, para ser mais preciso, majestade – explicou Tilbrok. – Diante da impossibilidade de destruí-lo, Ábaris preparou algumas cópias perfeitas. A seguir, implorou ao deus Apolo para que ele permitisse que os demais pergaminhos também se tornassem indestrutíveis, justamente para induzir ao erro caso fossem localizados.

— Então não é possível identificar o pergaminho original? – questionou Armury.

— Para tanto precisaríamos encontrar todas as cópias – respondeu Tilbrok.

— Mas quantas pessoas neste mundo conseguiriam interpretar esse arcaico dialeto utilizado no pergaminho? – perguntou K-Tarh.

ASCLÉPIUS E AS PEDRAS DO DESTINO

— Pouquíssimos magos e pesquisadores poderiam identificar as pequenas variações do dialeto expressas em cada pergaminho, majestade – respondeu Tilbrok. Entre eles, Lothuf, que acabou de nos deixar, o próprio Zefir,
com algumas limitações, pelo que percebi, além de mim, é claro.

— Uma notícia auspiciosa, Tilbrok de Endorian! – exclamou a princesa
Brígida. – Renova a minha esperança de voltar a ver a luz e de vermos a vida
do príncipe Armury regressar ao caminho da normalidade.

— E, porventura, já conseguiu identificar alguma peculiaridade nesse
pergaminho? – questionou o rei Ziegfried.

— O dialeto utilizado por Ábaris é totalmente figurativo, composto
por símbolos complexos em que cada mínima variação cria uma pronúncia
diferente – detalhou Tilbrok. – Ao observar os elementos aqui desenhados
notei uma estranha construção em um dos símbolos, que parece ter originado
uma maldição cruzada ou um "sortilégio de primogênitos".

— Sortilégio de primogênitos... Um nome sugestivo e nem um pouco
alvissareiro – concluiu K-Tarh.

— De fato, majestade. Muitos contos e lendas originados em diversas
culturas têm tal característica: aspirantes ao trono, amaldiçoados por um
usurpador... Em suma: sortilégio de primogênitos.

— Então as maldições que se abateram sobre a princesa Brígida e o
príncipe Armury foram um erro de pronúncia? – surpreendeu-se Asclépius.

— É o que tudo indica, meu rapaz – explicou o conselheiro. – Os idiomas arcaicos evoluíram e geraram outras grafias, pronúncias ou até mesmo
idiomas completamente diferentes. Com o tempo, muito do que era original
foi perdido, ficando restrito aos pesquisadores e acadêmicos. Mas quando se
trata de magia antiga, o risco de criar-se um sortilégio equivocado, cruzado
ou invertido é real e muito perigoso.

A magia cruzada ocorre quando dois sortilégios são deflagrados simultaneamente e, por alguma fatalidade, acabam conectados. A magia invertida é
muito mais comum do que parece. Ocorre quando, por um erro de conjuração
ou aplicação, o feiticeiro fica sujeito aos mesmos sortilégios que invocou
em caso de eventual quebra da magia. Geralmente é o preço a se pagar pela
prática da magia das sombras: a chamada "Lei do Retorno". O importante
a termos em mente é que toda maldição pode ser quebrada, mais cedo ou
mais tarde, com maior ou menor dificuldade. Tudo depende da experiência
e da habilidade do feiticeiro conjurador e da determinação e – porque não
dizer – da sorte do amaldiçoado. Já houve casos de sortilégios que duraram

poucas horas e outros que duraram séculos. E diante das características da maldição que atingiu o príncipe Armury e a princesa Brígida, podemos concluir que as duas magias estão cruzadas – falou Tilbrok.

— Quando quebrarmos a maldição livraremos a ambos? – perguntou Armury.

— Quando encontrarmos a maneira correta para isso, provavelmente. Zefir não deve ter facilitado. Ao perceber os equívocos ocorridos em cada sortilégio, o feiticeiro deve ter buscado meios de proteger a si próprio além de dificultar a quebra da maldição.

— Mas a profecia do Oráculo de Delfos falhou? – lembrou o conselheiro Voughan. – "A última lâmina partida quebrará a maldição. Glória ao que tudo perdeu no exato momento em que venceu".

— Desculpe, senhor conselheiro, mas a profecia está incompleta – lembrou Asclépius.

— Incompleta? – questionou Voughan, surpreso.

— Sim, é verdade! – lembrou Brígida. Lothuf mencionou seu estudo sobre esta antiga profecia celta: "Na terra dos guerreiros do Norte, a noite será eterna; na terra dos guerreiros do Sul, a carne os abandonará. A última lâmina partida quebrará a maldição. Glória ao que tudo perdeu no exato momento em que venceu".

— Pelos deuses! Eu desconheço esse trabalho de Lothuf. Onde posso encontrá-lo? – comentou Tilbrok.

Asclépius solicitou permissão e dirigiu-se até a grande carruagem em que havia deixado o livro ao qual seu avô morrera abraçado. Ao retomar para a biblioteca, o rapaz entregou o volume para um ansioso conselheiro.

— Lothuf estava muito envolvido com essa profecia. Visionário como sempre foi, deve ter previsto suas implicações e possíveis desdobramentos – comentou Tilbrok.

Após folhear atentamente o livro, Tilbrok passou a analisar as observações de Lothuf:

— Segundo meu velho amigo Lothuf, Ábaris teria produzido sete cópias dos pergaminhos para confundir os magos que ousassem tentar decifrá-los e espalhou-as pelo mundo. Devido a sua grande proximidade com o deus Apolo, Ábaris, que já havia sido presenteado com o dom da adivinhação, recebeu da divindade uma flecha de ouro com a qual viajava pelos céus, de onde, aliás, surgiu a designação "Aeróbata".

Por meio desse recurso, o sumo sacerdote pôde deslocar-se pelo mundo e esconder os sete pergaminhos em sete locais de difícil acesso.

Zefir, ao que tudo indica, conseguiu localizar algum dos pergaminhos, excetuando-se este, que Lothuf tinha em seu poder. É razoável presumir que, analisando os locais atacados pelos soldados do feiticeiro, ele os tenha escolhido justamente por serem os esconderijos definidos pelo Aeróbata.

— Mas Lothuf afirmou que a magia de Zefir seria grosseira e limitada e que ele estaria pagando um preço alto demais por suas escolhas equivocadas – lembrou a princesa Brígida.

— De fato, localizar os pergaminhos de Ábaris seria uma verdadeira façanha para um aprendiz de feiticeiro, tenho que admitir. E agora que sabemos que Zefir é, na verdade, Ischys de Lapith, posso entender a desconfiança de Lothuf sobre a possível interferência de Apolo.

— Não consegui acompanhar o seu raciocínio, conselheiro! – exclamou o rei Ziegfried.

— Desculpe, majestade. É o entusiasmo de um velho pesquisador – justificou Tilbrok. – Apolo é vidente. No oráculo de Delfos, a Pitonisa apenas repete as profecias que o próprio deus sussurra em seus ouvidos. Sendo assim, Apolo pode ter modificado pessoalmente o conteúdo dos pergaminhos e, porque não, ter permitido que o obcecado feiticeiro os encontrasse.

— Uma armadilha criada por um deus extremamente rancoroso – disse o príncipe Armury.

— Presumo que, ao ser despojado de sua honra e da mulher por quem estava apaixonado, Ischys dedicou-se de corpo e alma a um projeto de vingança que consumiu todo o seu tempo e sua determinação. Em sua obsessão, o feiticeiro deve ter imaginado que poderia ludibriar de alguma maneira a percepção do deus Apolo – avaliou Tilbrok.

— E Apolo estaria se divertindo à custa de Ischys desde então? Afinal, seria possível enganar um deus? – perguntou Asclépius.

— Na verdade, analisando-se trajetórias, veremos que Apolo já errou uma ou outra vez por pura ignorância dos fatos, inclusive com relação à gravidez de sua mãe, meu rapaz. As perguntas que devemos fazer: Ischys teria capacidade para tanto? E ele estaria preparado para as inevitáveis consequências?

Repentinamente, as trombetas soaram, dessa vez com um toque de alerta e ameaça. O rei K-Tarh e o príncipe Armury dirigiram-se às janelas de vigilância. Enid, recém-reintegrado ao comando do exército de Lanshaid, adentrara pelo portal principal galopando com extrema velocidade. Ao alcançar a escadaria de acesso, o guerreiro saltou de seu cavalo e correu para dentro do castelo. Ao encontrar com K-Tarh e Armury, que correram ao seu encontro, Enid pôs-se a relatar a urgência:

— Majestade, a troca da guarda da cordilheira falhou pela primeira vez em décadas. Enviei um grupo avançado e descobri algo terrível: todos os sentinelas das torres de monitoramento foram petrificados! Todos, sem exceção, viraram estátuas de pedra! – relatou Enid, esbaforido.

— Pelos deuses! O pergaminho das sete maldições... A petrificação! – exclamou K-Tarh.

Todos os guerreiros de Lanshaid foram reunidos às pressas. Orientados por Enid, os soldados organizaram a evacuação da população para os abrigos subterrâneos há muito tempo não utilizados. Datados dos primórdios de Lanshaid, foram construídos para permitir que a população sobrevivesse a um eventual e imprevisível ataque de dragões.

Diante da petrificação que vitimara os soldados instalados nas torres de monitoramento da cordilheira de Dracon e prevendo o pior, o Conselho de Anciãos sugeriu a evacuação imediata dos habitantes, afinal, só restava uma maldição para o terrível Zefir deflagrar contra a cidadela: o até então improvável Ataque de Dragões.

Pouco habituados ao processo de evacuação, os habitantes de Lanshaid apavoraram-se com o iminente ataque e correram desordenadamente para os abrigos subterrâneos, obrigando os soldados a desdobrarem-se para tentar manter a ordem.

Os relatos históricos produzidos por Sigmund de Lanshaid descreviam a velocidade, a imprevisibilidade e a violência dos ataques dos dragões, tormenta da qual a região julgava-se livre desde Moldhur, o último dragão registrado na história da península.

Toda a corte real de Gzansh fora direcionada para o Setor 1 do abrigo, juntamente ao rei K-Tarh e o príncipe Armury. Apesar dos riscos a que estavam expostos, os conselheiros continuavam a sua incessante busca pela quebra das maldições que se abateram sobre as duas cidadelas.

Asclépius estava confuso e lutando para manter a calma no meio daquela agitação. Com Eathan ao lado e sempre atento, o jovem seguia junto aos demais rumo ao abrigo.

Seus pensamentos estavam na Tessália, para onde deveria partir após a resolução da crise em Lanshaid. De repente, ele paralisou. Ao pensar em partir, o rapaz lembrou-se de uma das últimas solicitações do avô pouco antes de morrer: "Quando partir é diferente de partir?". Asclépius precisava repassar a questão para Tilbrok de Endorian. Uma sensação de urgência passou a incomodá-lo.

— Alguma coisa errada, Asclépius? – perguntou Eathan, percebendo a agitação do rapaz.

— Meu avô me pediu para repassar uma questão para Tilbrok e eu acabei me esquecendo: "Quando partir é diferente de partir?". Sinto que é parte importante desse enigma.

— Temos que seguir a orientação dos soldados e caminhar até o abrigo. Uma vez lá daremos um jeito de fazer a informação chegar a Tilbrok – propôs Eathan.

— Não sabemos quanto tempo ficaremos no abrigo. Podemos ficar incomunicáveis indefinidamente. Preciso falar com Tilbrok agora – desesperou-se o rapaz.

— Não vejo opções, meu rapaz. Sigamos as ordens – orientou o soldado.

Asclépius, pensativo, continuou caminhando rumo ao abrigo subterrâneo. De súbito, o rapaz afastou-se para o lado da imensa fila e correu em sentido contrário, sem que Eathan pudesse impedi-lo. Passando por entre os soldados desavisados, o rapaz alcançou a rampa principal rumo ao acesso do grande salão de entrada. No corredor, um soldado tentou detê-lo:

— Por favor, meu jovem! O caminho para o abrigo subterrâneo é pelo outro lado – disse o homem.

— Tenho uma mensagem urgente para Tilbrok de Endorian! – falou Asclépius ansioso.

Um segundo soldado surgiu e ofereceu-se para conduzir Asclépius até o salão do Conselho. Aliviado, o rapaz seguiu com o homem até o corredor lateral, onde o imponderável aconteceu: o soldado, ao perceber que estava fora do campo de visão, retirou de dentro de um cilindro de madeira um pequeno globo pétreo e atirou-o ao chão. Uma explosão de luz aconteceu naquele momento, abrindo uma passagem mágica por entre as grossas paredes. O homem segurou Asclépius firmemente pelo braço e conduziu-o pelo centro da passagem.

No outro extremo do corredor, Eathan viu a estranha cena em que, arrastado, Asclépius debatia-se e tentava escapar do soldado enquanto desapareciam pelo meio da maciça parede do castelo.

Eathan gritou para que o soldado parasse, mas era tarde demais. Em instantes, a explosão de luz fechou-se diante de seus olhos, levando com ela Asclépius e seu raptor. Desesperado, Eathan buscou apoio dos guerreiros de Lanshaid, que acabaram conduzindo-o até Enid, na liderança da evacuação.

— O que você está me dizendo? Asclépius atravessou a parede arrastado por um soldado desconhecido? – questionou Enid.

— Sim, eu vi com esses olhos cuja visão o garoto restabeleceu! – disse Eathan, desolado. – Ele me escapou por poucos segundos... Nunca vou me perdoar.

— Precisamos manter a calma! Se você deve-lhe a visão, eu devo a vida a esse rapaz. Não descansarei até vê-lo em segurança – afirmou Enid.

— Conte comigo! – prontificou-se Eathan.

— Qual era a mensagem tão urgente que o garoto tinha para Tilbrok? – perguntou Enid.

— É algo como um enigma: "Quando partir é diferente de partir?". Não faz sentido para mim. Mas se Asclépius via importância, creia: é importante!

— Precisamos avisar a todos! Nunca ouvi falar dessa magia que permitiu o sequestro de Asclépius, bem no meio de Lanshaid, diante de todos e em plena luz do dia! Alguém vai pagar muito caro por isso! – exclamou Enid.

— Foi Zefir – concluiu Eathan. – Lothuf alertou Asclépius para os riscos que ele estaria correndo.

Os soldados dirigiram-se ao salão do Conselho, onde Tilbrok conduzia as buscas pela solução do enigma. Alertados por Eathan, o rei Ziegfried e a princesa Brígida optaram por reunirem-se aos demais na procura por Asclépius. O imperador K-Tarh estava furioso. Nunca na história de Lanshaid ouvira-se rumores de tamanha ousadia.

Ao ser informado sobre como Asclépius havia desaparecido, mais uma vez Tilbrok buscou nos livros uma explicação plausível, apesar de fantástica:

— Aqui está, senhores, neste raro exemplar de "Magia Secular". Temos a descrição de alguns feitiços que permitiriam a façanha ousada do soldado desconhecido que, infelizmente, levou o jovem Asclépius de Epidauro de dentro de nossas paredes – disse Tilbrok. – Uma delas, o "portal dimensional", exigiria a presença do mago conjurador e toda uma longa vida de treinamento, o que, ao meu entender, não é o caso. A outra e mais plausível é uma antiga e pouco utilizada magia, elaborada com uma receita cujos ingredientes são raros e extremamente dispendiosos: o "orbe de transposição". Apesar do custo envolvido, o orbe de transposição oferece uma grande vantagem: ele permite o seu uso até mesmo para leigos e não iniciados em magia. Sendo assim, qualquer pessoa corajosa o bastante pode valer-se de um orbe para deslocar-se magicamente entre dois destinos predeterminados.

— Esse Zefir não me parece ser tão despreparado assim, conselheiro. Afinal, encontrou os pergaminhos ocultos de Ábaris e, agora, utilizou uma rara e eficiente magia para invadir Lanshaid e capturar o jovem Asclépius debaixo das nossas barbas – comentou o rei K-Tarh.

— Uma pessoa determinada é capaz de proezas, majestade – disse Tilbrok. – E Zefir está determinado a provar que teria uma vida brilhante apesar de sua inexpressiva pedra do destino.

— Se o objetivo é me impressionar, Zefir está se saindo muito bem! – exclamou o rei Ziegfried. – Uma pena ter canalizado tanta obstinação e tanta perseverança na trilha do mal.

— O preço a pagar, majestade... O preço a pagar! – frisou Tilbrok. – Zefir não deve estar passando por essa verdadeira epopeia em brancas nuvens. A busca ousada por Asclépius e seus incríveis poderes de cura parece mais uma atitude desesperada do que um mero desafio, apesar de tecnicamente inútil, como a doce princesa Brígida já sabe.

— Sim, é verdade! Asclépius não tem poder sobre magia! – confirmou Brígida.

— E ele pode estar correndo um sério perigo, especialmente quando Zefir perceber a sua impotência diante dos efeitos da magia das sombras – alertou Tilbrok.

— Com esse orbe de transposição, Zefir e seus soldados podem entrar e sair de qualquer lugar, na hora em que quiserem? – questionou K-Tarh.

— Toda magia tem seus limites, majestade. Alcance, potência, funcionalidade e durabilidade estão relacionados à qualidade dos ingredientes e do trabalho executado pelo mago. Um bom orbe de transposição permite a passagem de três ou quatro viajantes, no máximo, fechando-se em 10 ou 15 segundos após deflagrado. O artefato tem destino inicial e destino final predeterminados, o que caracteriza o ponto nevrálgico do feitiço. Se houver alguma falha em sua elaboração, o usuário do orbe pode acabar fundindo-se a uma muralha ou perdido no fundo do oceano.

— E é possível descobrir o destino do invasor para termos, ao menos, um ponto de partida? – perguntou o rei Ziegfried. – Prometi a Lothuf que garantiria a segurança de Asclépius até que ele regressasse a Tessália. Não vou me perdoar se não conseguir cumprir essa promessa.

— Precisaríamos de um orbe de transposição idêntico ao utilizado pelo invasor, majestade, o que, em meu entender, só aconteceria com uma intervenção direta dos deuses – lamentou Tilbrok. – Receio que teremos que tentar resgatar o jovem Asclépius pela maneira convencional, o que pode revelar-se improdutivo e tardio.

Nesse instante, Armury entrou no salão do Conselho tendo em suas mãos um cilindro de madeira trabalhada. De dentro do cilindro, o príncipe retirou um pequeno e característico globo pétreo.

— Nunca subestime a intervenção dos deuses, caro Tilbrok! – exclamou Armury diante do olhar surpreso de todos os presentes. – Alguém pediu um orbe de transposição?

Tilbrok segurou o orbe apresentado por Armury com extremo cuidado. Não conseguia acreditar nos próprios olhos nem podia pensar na ideia de ver o artefato cair ao chão e explodir, abrindo acidentalmente um portal para um ponto qualquer perdido no planeta.

Ainda perplexo com a novidade, o conselheiro quis saber como Armury tinha conseguido aquele misterioso e raro produto da magia.

— Quando encontrei o ancião na beira da estrada para Dea Matrona, ele me orientou a seguir na direção de Lanshaid para que o meu destino encontrasse o caminho até mim – explicou o príncipe. — Assim, passando pelo povoado de Pydna, encontrei-me com um bando de saqueadores incendiando as moradias. Pensei em seguir o meu caminho, mas acabei enfrentando os desconhecidos... Para falar a verdade, liquidei todos eles com esta espada que retirei daquele cadáver.

Um dos saqueadores estava com este cilindro de madeira preso à cintura. Alguma coisa me fez pegá-lo e aqui está: um orbe de transposição. Posso concluir que os homens faziam parte do exército de Zefir.

— Desgarrados – sugeriu Zardoz. – Vários incidentes foram relatados envolvendo desertores das forças de Zefir, especialmente após a derrota para o "exército de esqueletos de Lanshaid".

— Podemos utilizar esse orbe? – questionou Armury.

— Presumo que sim, majestade. Um orbe de transposição é um artefato raríssimo – falou Tilbrok. – A existência de outro similar perdido por aí é uma impossibilidade matemática, assim como Armury ter encontrado esse orbe por mero acaso é, do mesmo modo, outra impossibilidade matemática. Calculo que, devido às próprias características do orbe de transposição, se ele for deflagrado no local em que Asclépius foi capturado, conduzirá ao mesmo destino do invasor.

— Então o que estamos esperando? – questionou Eathan. – Enquanto ficamos aqui, debatendo, o garoto pode estar sendo torturado. Ofereço-me como voluntário para fazer uma visita desagradável a Zefir.

— Precisamos de um plano, senhores. Não sabemos aonde esse portal vai nos levar, tampouco conhecemos a atual estrutura bélica de Zefir – disse Tilbrok. – Também presumo que o feiticeiro não deve imaginar que possuímos este orbe, mas, além do fator surpresa, não teremos vantagem, já que poderemos enviar dois ou três guerreiros no máximo. Outra realidade para a qual devemos nos preparar é que um dos ingredientes raros da receita deste orbe de transposição é casca de ovo de dragão.

— Pelos deuses! A última maldição! – concluiu o imperador K-Tarh, antevendo a próxima ameaça.

— Asclépius estava ansioso para passar-lhe uma mensagem que recebera de Lothuf, senhor conselheiro – relatou Eathan. – Diante da minha determinação em levá-lo a salvo para o abrigo, ele acabou escapando de mim, infelizmente.

— Ninguém imaginaria que tal ameaça pudesse estar infiltrada em nossa cidadela – comentou Tilbrok. – Mas qual era a mensagem urgente, soldado? – perguntou em seguida.

— Soou como um enigma: "Quando partir é diferente de partir?".

— Interessante! – exclamou o conselheiro, intrigado. – Preciso analisar as anotações de Lothuf novamente.

No outro extremo da península, um portal de luz abriu-se na base da torre de monitoramento número 9, na Cordilheira de Dracon. Guilles de Lefréve surgiu por ali, trazendo Asclépius com ele. Apesar de assustado, o rapaz não demonstrara agitação, especialmente após perceber que sua captura seria inevitável.

No final do trajeto, após o fechamento do portal mágico, quatro homens aguardavam o seu líder, agora conduzindo o alvo determinado por Zefir, e a grande promessa de receberem, enfim, o pagamento tão aguardado.

Cédric e Ellija ficaram animados e entenderam que a decisão de Guilles de seguir, ele próprio, até Lanshaid, no que parecia uma jogada suicida, revelara-se surpreendentemente acertada. Segundo Guilles, um único soldado infiltrado passaria despercebido até nos corredores da poderosa Lanshaid, especialmente com o uso de um orbe de transposição, estratagema assustador recriado por Zefir, o qual se revelara muito eficiente.

— Quer alguma coisa bem feita? Faça você mesmo! – disse Guilles enquanto conduzia Asclépius até a câmara principal.

— O grande Guilles de Lefréve! – exclamou Cédric. – A península de Lanshaid ainda cantará canções relembrando seus grandes feitos.

— Deixe de bobagem – irritou-se Guilles. – Nossa próxima missão será a derradeira. Alertem os homens, partiremos esta noite. Vou entregar esta "encomenda" para Zefir.

Sempre conduzido por Guilles, Asclépius subiu a escadaria rumo à câmara principal da torre, onde Zefir, o Terrível, aguardava ansiosamente.

Guilles bateu à porta e comunicou o sucesso da arrojada missão ao mago, que se rejubilou com a própria ousadia:

— A poderosa Lanshaid, a intransponível... Eu faço o meu destino! E meu destino é ficar entre os deuses! Que a vingança esteja sempre do meu lado! – bradou o feiticeiro com os olhos fixos em Asclépius.

Enquanto ria e vociferava de maneira delirante, o feiticeiro era observado por Guilles e por Asclépius. Zefir não parecia, assim, tão terrível. Aliás, mais parecia vítima de um sofrimento terrível. A pele escura e sem brilho, a barba desgrenhada, o cabelo longo e maltratado faziam com que o mago apresentasse a imagem de um eremita ou um mendigo. Feridas aparentes nas mãos, a extrema magreza e a dificuldade para se locomover denunciavam os elevados custos que a magia das sombras estaria lhe cobrando. Zefir não era um homem idoso, mas parecia um ancião maltratado pela vida. Sua obsessão em vingar-se de Apolo havia destruído sua saúde e sua sanidade.

Zefir ordenou que Guilles saísse e deixasse-o a sós com Asclépius. Em silêncio, o rapaz aguardava friamente o desenrolar de seu destino, agora muito distante daqueles que o protegiam.

— Asclépius de Epidauro! O filho de Apolo! Uma honra receber a visita de um descendente direto dos deuses em minhas humildes e provisórias instalações.

— Como devo chamá-lo? Zefir ou... Ischys de Lapith? – perguntou Asclépius, suavemente.

Zefir hesitou. Ouvir seu próprio nome, há tanto tempo abandonado, gerou uma sensação desagradável.

— Ischys de Lapith morreu atravessado por duas flechas de ouro atiradas por seu querido progenitor – falou Zefir, mudando de expressão. – Foi sepultado junto ao corpo daquela que lhe roubou o coração.

— Minha mãe... Corônis... – murmurou o rapaz.

— Estou impressionado! Aliás, muito impressionado! Seu avô lhe contou, afinal – ironizou Zefir. – E aquele velho miserável conseguiu me identificar no meio desse caos criado por Apolo.

— Meu avô era um homem brilhante...

— Brilho, brilho, brilho... Fixação estúpida com o brilho! A humanidade só pensa em brilho! Brilho do ouro, brilho da alma... das malditas pedras do destino! – disparou Zefir, enfurecido. – Seu avô foi só mais um passageiro na barca de Caronte como todos neste mundo infeliz, não importando o maldito brilho!

— Perdoe-me. Não pretendia aborrecê-lo – disse Asclépius.

— Não, você não me aborrece. Só mostra o que o Olimpo determinou: Asclépius de Epidauro, filho do deus Apolo Febo, sobrinho de Ártemis... Interessante esse seu apego por Lothuf, aquele mago medíocre, sendo que, por parte de pai, você teria como avô o próprio Zeus! – provocou Zefir.

— Quem me manteve vivo foi Lothuf, mesmo contra a vontade dos deuses – argumentou o rapaz.

— Uma grande façanha, não é mesmo? Nem as terríveis e implacáveis erínias conseguiram encontrá-lo. Eu mesmo só o consegui depois que aquele velho bastardo partiu para o Érebo – falou o feiticeiro. – Magia secular... Maldita magia secular...

— Enfim, estou aqui. O grande Zefir venceu. E agora? O que acontece? – desafiou Asclépius.

— Eu pediria para que você utilizasse seu poder de cura nesta carcaça apodrecida, mas sabemos que o jovem Asclépius não tem poder sobre a magia, não é? – afirmou Zefir, ironicamente.

— Então... Você sabe. Nesse caso...

— Acho que agora terei a sua atenção. Por que, diabos, eu teria todo esse trabalho infernal para capturar o filho de Apolo se não pudesse me beneficiar dos poderes dele? – continuou Zefir.

— Não entendo... – respondeu o rapaz, visivelmente confuso.

— O sétimo pergaminho, aquele que seu avô mantinha em seu poder, eu preciso dele! – exigiu o feiticeiro.

— Não o trouxe comigo. Sinto informar-lhe, mas foi um grande trabalho perdido – respondeu Asclépius.

— Ah, sim, claro! Porque alguém andaria por aí com um pergaminho milenar, não é mesmo? – ironizou Zefir, irritado. – Eu quero o símbolo! Aquele que seu avô deve ter destacado para que você o encaminhasse ao Conselho de Anciãos de Lanshaid.

— Símbolo? – perguntou o rapaz, tentando entender.

— Em minhas buscas consegui localizar seis dos sete pergaminhos de Ábaris, o Aeróbata, sumo sacerdote de seu não tão querido pai. Lothuf conseguiu encontrar o último. Aliás, desconfio que por interferência de Apolo. Cada pergaminho escrito naquele dialeto arcaico infernal tem um símbolo em destaque. Antes de partir, Lothuf deve ter revelado esse símbolo a você.

— Infelizmente, ele não revelou – falou Asclépius.

— Não teste a minha paciência, rapaz. Eliminá-lo não representará uma grande façanha perto das que este pobre diabo sem "brilho" já realizou – ameaçou Zefir.

Asclépius silenciou-se. A pergunta que ele gostaria de fazer desde sempre implorava para surgir. O rapaz respirou profundamente e arriscou:

— Como ela era?

— Quem? – Tentou desconversar o feiticeiro.

— Minha mãe.

Zefir hesitou. Apoiando-se no oratório em que mantinha a sua opaca pedra do destino, buscou memórias que lhe causavam grande sofrimento. Sua mente viajou para o único fragmento de tempo em que fora plenamente feliz. Após um longo instante em silêncio, o feiticeiro respondeu:

— A felicidade é uma maldição. Quando você a sente em toda a plenitude, você não consegue pensar em outra coisa. Sua mãe era linda, mas de uma beleza absurdamente impressionante a ponto de provocar inveja em Ártemis, a irmã gêmea de Apolo. Quando ela demonstrou interesse em mim nada mais importou. Eu passei a me sentir abençoado pelos deuses. Mal sabia eu que justamente os deuses estariam em meu caminho.

Corônis era tudo o que eu queria. E por um fragmento de tempo eu fui o homem mais feliz do universo. Mas sua mãe era um espírito livre, não gostava de regras e limitações. Quando ela me revelou seu romance com Apolo, eu já estava irreversivelmente apaixonado. Até me senti lisonjeado, afinal, imagine você, rivalizar com um deus! Um dia, enquanto nos beijávamos à margem do Rio Pineios, aquela maldita ave nos avistou.

— O corvo... – disse Asclépius.

— Sim, o infeliz pássaro de Apolo – respondeu Zefir. – Corônis ficou desesperada quando percebeu que nosso segredo estava ameaçado. Eu, em minha ingenuidade, prometi que a protegeria, e ela me perguntou: "Quem seria Ischys de Lapith para enfrentar a ira de um deus?". Essas palavras martelam meu cérebro desde então. Naquele mesmo dia, Corônis foi alvejada por duas flechas douradas disparadas por Apolo. As malditas flechas que nunca erram o alvo.

— E nesse triste momento eu nasci... – concluiu Asclépius.

— Sim, garoto, você nasceu... E tinha tantos motivos para odiar Apolo quanto eu. Ambos fomos privados da mulher mais importante de nossas vidas – enfatizou Zefir.

— Eu não consigo odiar quem quer que seja – afirmou o rapaz.

— Ah, o ódio é uma força impressionante, meu rapaz. Se o amor destruiu a minha vida, o ódio me manteve vivo por todos esses anos – disse o feiticeiro.

— Mas a que preço? – questionou Asclépius.

— Preciso apenas de mais um mísero segundo de felicidade e tudo terá valido a pena – respondeu Zefir.

— Por que você precisa do símbolo?

— Ábaris não ocultou apenas os pergaminhos das sete maldições. O sumo sacerdote de Apolo fez outros favores para seu pai. Com o símbolo identificado por seu avô poderei, enfim, localizar aquilo que tenho buscado há tanto tempo. Lothuf destacou apenas um dos 66 símbolos que compunham o antigo dialeto. Vamos, facilite as coisas... para nós dois – falou Zefir.

Nesse momento, um urro aterrorizante foi ouvido, assustando Asclépius. Ao perceber a expressão incrédula do rapaz, Zefir animou-se:

— Veja só! E há quem diga que eles estão extintos, sabia? Para falar a verdade são os últimos da espécie, muito difíceis de encontrar, e me custaram um bom dinheiro... Se bem que ainda não paguei e o ganancioso vendedor está "meio morto" no momento – falou o feiticeiro com evidente entusiasmo. – Irmãos gêmeos, raríssimos, da espécie dragão negro, furiosos e famintos. Aliás, furiosos porque os mantenho sempre famintos. Filhos de Moldhur, o flagelo da cordilheira... Puxaram ao pai, como você!

— A sétima maldição. Você não pode estar falando sério... – indignou-se Asclépius.

Outro urro avassalador soou, fazendo tremer as paredes da sólida torre número 9.

— São enormes e quase incontroláveis! – continuou Zefir. – Mas Ábaris descreveu com detalhes o segredo mágico para manter os dois monstros seguros até que eu decida acabar com a segurança de todos. Sim, são dois: apresento-lhe Fobos e Deimos, ou Medo e Pânico. Acredite, farão jus aos nomes quando estiverem livres.

Asclépius estava assombrado. Sabia que o feiticeiro não estava blefando e não via opções além de tentar negociar.

— Se eu lhe contar qual foi o símbolo destacado por meu avô... você cancela o ataque de dragões? – arriscou.

— Uma barganha? Enfim, vejo um lampejo que pode fazer com que você se torne melhor do que seu irredutível avô. Façamos assim: se você não me contar, liberarei os dragões agora. Se me contar, dar-lhe-ei tempo para avisar seus amigos de Lanshaid. É pegar ou largar.

Asclépius manteve-se em silêncio. As palavras de Zefir revelavam um homem atormentado pelo passado e motivado por um único objetivo: a vingança. O rapaz entendeu que Zefir estava alguns passos à frente. Negar o conhecimento da informação seria ineficaz, assim como tentar ludibriar o feiticeiro:

— A viagem. Meu avô destacou o símbolo da viagem – revelou, enfim, o rapaz.

A expressão de Zefir iluminou-se imediatamente. A revelação de Asclépius teve um efeito arrebatador.

— A viagem! A viagem! – exclamou o feiticeiro, entusiasmado. – Ele destacou a viagem... A maldita viagem... Lothuf de Epidauro... A viagem... Ele destacou, sim, ele destacou...

Manuseando desordenadamente os seis pergaminhos que tinha em seu poder, Zefir mostrava-se repentinamente trêmulo e ansioso, passando a analisá-los como se o próprio Asclépius não importasse mais ou não estivesse ali. Resmungando palavras desordenadas e aparentemente sem sentido, o feiticeiro buscava interpretar uma estranha sequência de símbolos que destacara em cada um dos pergaminhos.

— A sequência correta... A sequência... Sete símbolos arcaicos, pequenas variações, maldito dialeto... A torre, a labareda, a serpente, a caveira, o cego, o dragão e, finalmente... a viagem! O que temos aqui... O que temos...

De repente, Zefir silenciou-se. Com o olhar fixo nos seis pergaminhos, o feiticeiro parecia efetuar cálculos mentais.

— Nosce te ipsum... Conhece-te a ti mesmo... Conhece-te... E o fim converge ao início... O fim converge ao início... – balbuciava o feiticeiro.

Asclépius observava a tudo silencioso e muito compadecido pelo sofrimento que levara o seu captor ao atual estado de quase demência. As palavras proferidas pelo feiticeiro não faziam sentido para o rapaz, que já havia desistido de entender a lógica das escolhas e das atitudes de Zefir. Ainda sensibilizado pela descrição que ele havia feito de sua mãe, Asclépius sentia uma estranha conexão com o homem que fora por ela apaixonado e acabara como vítima direta desse amor.

— Acha mesmo que existe alguma possibilidade de ludibriar a Apolo, um deus, e, além de tudo... vidente? – questionou Asclépius.

— Tem razão... Você, definitivamente, é neto do patético Lothuf de Epidauro. O mesmo tom de estupefação, como se eu fosse um estúpido lunático – respondeu o irritado feiticeiro. – Seu avô me alertou para os riscos, os custos e, finalmente, para a "impossibilidade" de escapar das vistas de um deus vidente. Um vidente que precisou de uma ave linguaruda para descobrir que a mulher amada estava envolvida com outro, um reles mortal. Um vidente que não sabia que a mulher amada, recém-executada, estava grávida, esperando o seu próprio e inconveniente filho. Um vidente que não adivinhou que alguém encontraria os pergaminhos das sete maldições. Sim, meu tolo rapaz, eu acredito que é possível ludibriar essa entidade possessiva, traiçoeira e assassina – concluiu Zefir, com um olhar sombrio.

— Uma pena descobrir que você pretende morrer por uma triste e equivocada convicção – lamentou Asclépius. – Ainda que eu simpatize com os seus motivos, muita gente tem perdido a vida para que você alcance os seus objetivos.

— Mais vidas serão ceifadas até que, finalmente... Eu consiga matar um deus... – concluiu Zefir. – Como eu lhe disse, só preciso de mais um mísero segundo de felicidade.

Zefir gritou para Guilles, exigindo sua presença imediata. O soldado surgiu em instantes e recebeu ordens, sussurradas pelo feiticeiro. Após a saída de Guilles, Cédric e Ellija entraram na câmara e conduziram Asclépius para uma cela previamente preparada.

— Mas você disse que me daria tempo para avisar meus amigos em Lanshaid... – suplicou o rapaz.

— Sim. E esse tempo começa a ser contado agora.

Intimamente, Asclépius sabia que não poderia contar com a benevolência de Zefir. Ao revelar o símbolo identificado por seu avô, ele imaginava que estaria fazendo uma jogada arriscada e pouco promissora.

Ao ser conduzido até a cela e encarcerado pelos soldados do feiticeiro, ele percebeu que as forças de Zefir estavam muito reduzidas. Havia 30 ou 40 soldados, se tanto, mas ainda assim não enxergava uma possibilidade de escapar daquelas paredes.

— A torre 9, onde estamos agora, é um local isolado e pouco acessível, a não ser que você tenha um orbe de transposição – detalhou Zefir. – Trata-se de uma descida íngreme e acidentada até a torre 8, melhora um pouco até alcançar a torre 7, e fica até suportável a partir daí. Se você tiver um bom cavalo esperando lá embaixo, acredito que consiga atingir Lanshaid em dois ou três dias. Caso contrário, será uma longa e ingrata caminhada. Mas eu fiz um acordo com você, portanto, só liberarei os dragões em dois dias.

— Dois dias? Não terei tempo suficiente! – exclamou Asclépius.

— Considere-se com sorte por continuar vivo. Você tem os traços daquele miserável que matou Corônis, mas também vi em você algum fragmento de sua mãe – disse o feiticeiro enquanto lacrava a cela. – É por conta desse fragmento que vou permitir que você viva. Eu prometi que lhe daria tempo, mas não lhe prometi liberdade!

Asclépius estava, de fato, angustiado, mas lutava para não deixar Zefir perceber.

— Se você tiver algum canal de comunicação com seus deuses é hora de utilizá-lo – ironizou Zefir, deixando o rapaz preso e abandonado na longínqua torre número 9.

Enquanto isso, em Lanshaid, os planos para o envio de um grupo de resgate visando ao retorno de Asclépius geravam calorosos debates entre os seus voluntários.

— Não temos opções. Precisamos enviar um grupo, ainda que reduzido, para tentar resgatar Asclépius! – insistia Enid.

— Eu faço minhas as palavras de Enid de Gantor – concordou Eathan imediatamente.

— Todos nós queremos ver Asclépius de volta e a salvo, senhores, mas algumas questões são relevantes – explicou Tilbrok. – Só dispomos de um orbe de transposição, que, depois de deflagrado, permitirá uma viagem de ida apenas. Isso pode levar a qualquer lugar que Zefir tenha definido como ponto de regresso. A viagem de volta poderia durar tempo demais a não ser... – Tilbrok hesitou.

— A não ser? – disse Armury.

— A não ser que eu participe do grupo de resgate – propôs o conselheiro.

— Essa proposta está fora de cogitação, meu amigo! – afirmou o imperador K-Tarh. – Se vocês insinuam que eu estou velho para o campo de batalha, imagine você!

— Acontece, majestade, que o orbe pode nos garantir a viagem de ida e eu a viagem de volta – explicou Tilbrok. – Como lhes disse, duas maneiras permitem o deslocamento mágico: o orbe de transposição e o portal dimensional, que exige a presença de um mago conjurador altamente treinado.

— E você conseguiria abrir esse portal dimensional mesmo após tanto tempo afastado da trilha mística? – questionou K-Tarh.

— Palavras e entonação corretas, projeção adequada e energia concentrada, majestade. E toda uma vida de treinamento – respondeu Tilbrok. – A grande vantagem é que, uma vez encontrado o destino indicado pelo orbe, poderei trazer os enviados de volta, incluindo o jovem Asclépius.

— Eu vou – decretou Armury.

— Eu também vou – disse Enid, em seguida.

— Eu preciso ir – disse Eathan. – Com a permissão do rei Ziegfried.

— Se K-Tarh não se opuser tem a minha permissão – falou Ziegfried.

— Seremos quatro viajantes. Precisaremos ser ágeis e determinados. Não teremos uma segunda chance! – lembrou Tilbrok.

Após as últimas orientações, os guerreiros, seguidos por Tilbrok, dirigiram-se para o ponto de partida identificado por Eathan, no local exato em que o intruso capturara Asclépius.

— Foi exatamente aqui – afirmou o soldado de Gzansh. – Bem entre essas duas colunas. Cheguei aqui no exato momento em que o portal de luz extinguiu-se.

— Uma providencial observação, soldado – falou Tilbrok. – Sem essa informação não poderíamos localizar o destino final.

O conselheiro tomou o orbe em suas mãos e preparou os viajantes:

— Estão prontos? Após a explosão veremos abrir-se uma passagem no meio da luz. Não hesitem, ultrapassem rapidamente sem olhar para trás.

Os homens empunharam suas espadas sem imaginar o que encontrariam do outro lado do portal. Tilbrok atirou o orbe ao chão e uma explosão luminosa aconteceu. Quando a passagem mágica abriu-se diante de seus olhos, eles correram através dela seguindo as orientações do conselheiro. Em poucos segundos, encontravam-se à base da torre número 9, na cordilheira de Dracon, nos limites entre a península e a floresta de Tirânia.

— Torres de monitoramento! – sussurrou Enid. – Viajamos 40 léguas em poucos segundos. Seriam dois dias a cavalo.

— Essa é fatídica torre 9, a mais afastada – concluiu Armury.

Os quatro viajantes avançaram cuidadosamente até perceberem que estavam absolutamente sós na torre. Subindo a escadaria principal, chegaram à plataforma de vigia, de onde puderam comprovar a situação. Não havia ninguém na torre. Zefir e seus soldados haviam desaparecido.

— Teríamos errado o ponto de destino? – questionou Enid.

— É improvável – respondeu Tilbrok. – Enid nos informou mais cedo sobre a petrificação dos soldados nas outras torres. Estamos numa posição estratégica para tanto.

— Mas onde estaria Asclépius? – perguntou Eathan, preocupado.

Nesse momento, um pedido de socorro veio da câmara de repouso da torre de vigia. Os soldados correram para o local, deixando Tilbrok com os preparativos para o ritual mágico de retorno. Ao alcançarem a câmara, perceberam que havia uma porta de madeira travada com uma pesada viga.

— Asclépius? É você? – gritou Eathan.

— Eathan? – perguntou o rapaz, extremamente surpreso. – Como conseguiu chegar até aqui tão rápido?

Os homens removeram a pesada viga de madeira e retiraram Asclépius da cela improvisada. Entre aliviado e aturdido, Asclépius não entendia o que estava acontecendo.

— Estamos muito longe de Lanshaid. Zefir me prendeu para que eu não encontrasse meios de regressar e avisar sobre o ataque. Não entendo... Como chegaram até aqui tão rápido?

— Orbe de transposição. Uma longa história. Por enquanto, o que importa é que o encontramos! – disse Armury.

— Até essa sua aparência assustadora me parece reconfortante, majestade! Se me permite o atrevimento... – disse o aliviado rapaz. – Zefir me disse que estamos há dois ou três dias de distância, e ele vai liberar o ataque em dois dias.

— Os cidadãos já devem estar protegidos nos abrigos subterrâneos. Estaremos preparados... – falou Enid.

— Não, vocês não entendem! – insistiu Asclépius, agitado. – São dois dragões!

— Como? – questionou Enid, assustado. – Impossível! Dragões não atacam em dupla. São predadores inclusive de si próprios.

— São irmãos, filhos de Moldhur. Fobos e Deimos... Zefir os mantém presos pela magia dos pergaminhos.

— Tem alguma coisa errada nisso tudo! Dragões não geram mais do que um filhote de cada vez! E não constituem família. Todo mundo sabe disso! – argumentou Enid.

— Mas são dois! Zefir me garantiu! Ele não está blefando! – insistiu o rapaz.

— Precisamos voltar com urgência e preparar a defesa – disse o príncipe Armury. – Não há registros de um ataque duplo. Dragões sempre foram extremamente antissociais.

Descendo alguns lances de escada, os homens encontraram Tilbrok extremamente concentrado. O semblante do conselheiro estava estranho. Seu cabelo grisalho reluzia e seus olhos estavam assustadoramente brancos.

Tilbrok, em silêncio, verificou que Asclépius estava são e salvo, então ele acenou para os demais e solicitou que se afastassem. Em seguida, passou a pronunciar as palavras mágicas: "Apertum est fatum". Imediatamente, um feixe luminoso começou a brilhar e a expandir-se no centro da câmara, deixando evidente uma passagem muito similar à produzida pelo orbe de transposição.

Ao sinal de Tilbrok, os homens atravessaram em meio à luz, sendo seguidos pelo conselheiro, que não cessava de pronunciar as palavras mágicas. Em poucos segundos estavam todos de volta a Lanshaid pelo portal dimensional aberto por Tilbrok, surgindo no centro do grande pátio frontal, totalmente vazio devido à recente evacuação da população.

O comitê de recepção composto pelo rei K-Tarh, pelo rei Ziegfried, pela rainha Ellora e pela princesa Brígida, juntamente aos demais conselheiros, ficou eufórico quando percebeu o regresso de todos, a salvos. Mas ao notarem a apreensão nas expressões do grupo, entenderam que alguma coisa estava por vir.

— O que Zefir aprontou desta vez? – perguntou K-Tarh imediatamente.

— Precisamos nos preparar para o impensável, majestade. Zefir tem dois dragões sob seu controle – revelou Tilbrok.

— Dois dragões? Mas isso é possível? – questionou o rei Ziegfried, incrédulo.

— Não há registros de ataque em dupla, mas Zefir foi categórico em sua ameaça – reforçou Asclépius.

— Não consigo imaginar uma defesa para esse tipo de ataque – comentou o rei K-Tarh. – Seria uma verdadeira maldição.

— A sétima maldição, majestade – comentou Tilbrok. – Precisamos salvar o máximo de pessoas possível.

— Zefir afirmou que libertará os dragões em dois dias. Temos pouco mais de um dia para nos prepararmos – falou Asclépius.

— Não sei se podemos confiar nas afirmações de Zefir, mas com dois dragões não fará muita diferença – disse Enid.

— Vamos organizar as nossas fileiras. Preparem os arqueiros e posicionem as balistas! – exclamou Armury. – Os dragões chegarão pelo norte. Não vamos desistir sem luta – declarou determinado.

— O velho Armury está de volta! Por Taranis, deixem vir esses malditos dragões! – respondeu Enid, animado.

Tilbrok caminhou pensativo rumo ao salão do Conselho buscando na memória lembranças de relatos dos antigos e distantes ataques de dragões registrados na península. Muitas foram as tragédias causadas pelos monstros voadores até o seu controle graças aos estudos realizados por Sigmund de Lanshaid.

Titannus, um dos mais assustadores, destruíra, nos primórdios, metade do antigo povoado que deu origem à cidadela, matando centenas de pessoas. Seu ataque motivou a ousadia de Sigmund, que se infiltrou no habitat das feras e lá sobreviveu em segredo por quatro anos. Esse monstro foi eliminado enquanto hibernava. Depois foi a vez de Áschimo, o Pesadelo, que causou mais destruição e mais mortes do que o seu ancestral e que também foi aniquilado durante a hibernação.

Foram muitos os sofrimentos catalogados por estudiosos até o último dragão registrado, Moldhur, responsável pelo massacre na torre número 9 e pela última vez que Lanshaid precisou ser parcialmente reconstruída. Esse foi o único dragão abatido por um raro e certeiro disparo de balista, não sem antes causar muita destruição.

Tilbrok também buscava na memória por alguma magia que pudesse, ao menos, ajudar a afastar os dragões, uma vez que, historicamente, não havia registro de sortilégio que eliminasse os monstros voadores.

Sem esperanças, o conselheiro trancou-se em seus aposentos e ajoelhou-se ante o altar de Cerridwen. Implorar pela intervenção dos deuses era só o que restara.

Enquanto isso, o reduzido exército de Zefir reunira-se em Crisa, nas proximidades de Delfos, para sua próxima e misteriosa missão. Com Guilles de Lefréve ao comando, os guerreiros aguardavam a chegada de um emissário do rei Flégias da Tessália. Convencido por Zefir, Flégias aceitara ouvir uma proposta que, apesar de surreal, envolvia desejos escondidos há quinze anos na alma do soberano.

Ao cair da noite, um grupo de soldados trajando as cores da Tessália surgiu no alto da colina. Theo Katsaros, emissário de Flégias, falaria em seu nome. Na hora marcada, Zefir apareceu, surgindo do centro de uma explosão luminosa.

— Onde está o rei Flégias? – questionou o feiticeiro.

— Eu serei os olhos e os ouvidos de Flégias – informou o soldado. – Trago um comunicado do rei: se o assunto envolver a vingança contra "você sabe quem", ele aceita.

Zefir abriu um sorriso. Suas previsões sobre a possível animosidade do rei acabavam de se confirmar. Devido à drástica redução de seu exército, o apoio dos guerreiros da Tessália seria fundamental para a execução da última parte de seu plano de vingança.

— Diga a Flégias que ele não vai se arrepender! – exclamou o feiticeiro. – A vingança está do nosso lado!

Theo Katsaros desceu de seu cavalo e reuniu-se rapidamente com Zefir. O feiticeiro, então, detalhou o seu ousado plano e acertou os detalhes para uma grande e perigosa empreitada: incendiar o templo de Apolo, o Oráculo de Delfos.

— Após muitas noites em claro, enfim, a luz da verdade brilhou para mim! – disse Zefir. – Em Delfos encontraremos algo que o deus vidente jamais imaginou que, um dia, seria utilizado contra ele. Preciso que, na hora correta, o oráculo seja incendiado. No monumento dedicado aos viajantes encontrarei o que preciso.

— O Monumento aos Viajantes! – exclamou Theo. – O mais frequentado do oráculo.

— Durante o incêndio só haverá caos e desespero. Meus soldados farão o necessário – disse Zefir.

Theo aceitou os termos em nome do rei Flégias e combinou os detalhes para o ataque ao oráculo com o feiticeiro.

Flégias nunca aceitara a morte de Corônis, a quem criara e amara como filha. Durante quinze anos o rei da Tessália alimentara seu rancor contra Apolo e, agora, diante da proposta de Zefir, voltara a sonhar com a tão almejada vingança.

Após o acerto, os soldados tessálicos retiraram-se. Zefir transmitiu as últimas orientações a Guilles e ergueu os olhos para o céu. O feiticeiro olhou fixamente para as quatro estrelas alinhadas no "céu de Sucellus", como diziam os celtas. Ele sabia do que se tratava. Uma fração de sentimento há muito tempo abandonado lutava para manifestar-se.

Zefir, olhando para as quatro estrelas, murmurou:

— Por você...

Em seguida, o feiticeiro desapareceu no meio de uma explosão luminosa.

Arqueiros postados nas grandes muralhas, dezenas deles, todos olhando para o céu sentido norte, aguardavam a chegada dos terríveis visitantes. Sensações de insegurança, medo e angústia ocupavam a mente dos guerreiros. A notícia sobre a petrificação dos soldados nas torres de monitoramento caíra como um balde de água gelada nos ânimos dos cidadãos. Naquele momento, esposas, filhos, pais, mães e irmãos escondiam-se nos abrigos subterrâneos. Orações para os deuses eram entoadas mentalmente, a fragilidade da alma não podia tomar conta de seus corpos.

No controle das balistas, artilheiros sonhavam com o disparo perfeito, o tiro que eliminaria um dragão e registraria o seu nome na história da cidadela. Mas seriam dois dragões, um ataque nunca antes registrado.

O rei K-Tarh, amparado pelo rei Ziegfried, desdobrava-se entre tentar acalmar seus súditos, proteger os visitantes de Gzansh e organizar a defesa da cidadela.

Armury buscava elevar o moral dos guerreiros, chamando para si a responsabilidade de eliminar os dragões, enchendo o coração do rei do mais profundo e sincero orgulho.

A princesa Brígida admirava cada vez mais o príncipe que, mesmo amaldiçoado, buscava a proteção de seu povo em detrimento à própria e ingrata condição.

Tilbrok estava tenso, uma vez que as estatísticas eram amplamente desfavoráveis a Lanshaid. Tentando ignorar o passado, o conselheiro emanava pensamentos positivos, buscando o amparo dos deuses diante de tão grave ameaça. Os minutos corriam céleres até o limite do prazo estabelecido por Zefir. Os olhares voltados para o céu invocavam preces aos deuses para que o destino fosse favorável à cidadela.

Asclépius pensava em Lothuf e nos ensinamentos que o velho mago lhe passara. Em suas lições, o avô sempre buscava lembrar ao rapaz de que seu destino estaria sempre amarrado às suas escolhas. Agora, fechado no abrigo subterrâneo em companhia dos apreensivos amigos de Gzansh, o rapaz buscava em suas decisões a esperança de que os acontecimentos revelar-se-iam favoráveis para todos.

Um silêncio repentino tomou conta do ambiente, como se a natureza pudesse prever os próximos acontecimentos. Vindos do norte, duas temíveis silhuetas surgiram no horizonte. Os urros que soltavam não deixavam dúvidas: os temidos dragões estavam aproximando-se. Zefir fora cruelmente pontual. Os arqueiros prepararam suas armas, resignados com a perspectiva de morte. As balistas também estavam preparadas e centenas de vozes oravam para os deuses. Nunca a poderosa Lanshaid parecera tão frágil. Os monstros alados aproximavam-se velozmente, trazendo com eles a verdadeira ameaça de aniquilação.

Mais uma vez, sentindo-se impotente diante de tanto sofrimento, Asclépius caiu de joelhos e começou a orar. O jovem pedia a quem quer que fosse para que protegesse os habitantes da cidadela. Sem perceber, o rapaz começou a brilhar, refletindo a luz azul tão característica. Todos os que estavam a sua volta impressionaram-se com aquela luz e ajoelharam-se também. Uma sensação de paz tomou conta de todos.

Fobos e Deimos aproximavam-se da cidadela em voo quase sincronizado, deixando evidente que realizariam um ataque em conjunto.

Subitamente, uma terceira silhueta surgiu nos céus seguindo na mesma trajetória dos dragões. Diante dos olhos incrédulos dos soldados, a terceira silhueta tinha tamanho semelhante a Fobos e Deimos.

— Pelos deuses... Seria um terceiro dragão? – falou Enid, aterrorizado.

— Prepare-se para o pior, meu amigo! – disse Armury. – Que os deuses nos favoreçam!

Inesperadamente, a terceira criatura começou a atacar os dragões. Os monstros alados chocaram-se diante dos olhares atônitos dos guerreiros de Lanshaid.

Fobos e Deimos atrapalharam-se em seu voo rumo à cidadela, lutando para permanecerem no ar. Jatos de fogo surgiram dos desesperados dragões, surpreendidos pelo ataque do predador desconhecido. As tentativas de defesa dos dragões revelaram-se ineficientes e o misterioso oponente atirava-se contra seus pesados e desajeitados corpos. Em instantes, Fobos desabou, perdendo o controle e desaparecendo a centenas de metros da grande muralha de Lanshaid.

Deimos redobrou sua fúria e começou a perseguir a misteriosa criatura oponente incessantemente. O maior dos dragões pareceria determinado a vingar-se da mortal queda do irmão.

Em terra, Armury gritou para Enid:

— Prepare a balista! Ele está distraído. É agora ou nunca! Ao meu sinal!

Enid, com o auxílio dos guerreiros, manobrou a enorme balista suavemente em direção às criaturas e aguardou o sinal do príncipe Armury. Quando os dois monstros retomaram o rumo da cidadela, Armury percebeu que o dragão assumira uma posição de ataque.

— Mire no que está mais baixo! Agora! – gritou o príncipe, atendido imediatamente por Enid.

A balista disparou sua grande lança, que deslizou no céu suave e precisamente, perfurando mortalmente o corpo de Deimos, que desabou com grande estrondo a poucos metros da muralha. Os dragões estavam mortos.

Em instantes, um grande e eufórico grito de vitória ecoou emanado por um exército surpreso e entusiasmado. Ninguém entendia a origem daquela estranha e assustadora criatura que surgira nos céus e lutara ao lado do exército de Lanshaid.

Ao ouvir a comemoração dos guerreiros, Asclépius saiu do abrigo subterrâneo, acompanhado por aliviados e eufóricos cidadãos. Ao olhar para o céu, ele percebeu a presença do improvável milagre que salvara a todos: Tisífone. A terrível erínia aproximou-se da cidadela e pousou na grande praça central na frente de Asclépius.

— Acho que não lhe devo mais nada – grunhiu a criatura.

— Eu jamais lhe cobraria – respondeu o rapaz.

— Isso aumentaria minha dívida – argumentou a criatura.

— Sua atitude aumentou a minha admiração – concluiu.

A erínia abriu as imensas asas e preparou-se para alçar voo.

— Você salvou muitas pessoas hoje – concluiu Asclépius. – Obrigado.

— Voltarei para torturá-los se fizerem por merecer – respondeu a criatura, decolando a seguir.

Tisífone levantou voo aliviada por ter entendido, a tempo, a inocência de Asclépius, e desconcertada com o inédito agradecimento. Em tantos e tantos anos de perseguição aos condenados pelos deuses, a criatura jamais ouvira um "Obrigado" de quem quer que fosse. E ela gostou. Mas Tisífone tinha outras preocupações naquele momento, afinal, se ela sentira a presença de Asclépius ali, em Lanshaid, Alecto e Megera também o teriam sentido.

Impedir a captura do rapaz enfrentando suas terríveis irmãs seria bem mais arriscado do que derrubar um dragão como a erínia acabara de fazer. E ter surgido diante de tantos espectadores em plena luz do dia daria a sua irmã mais furiosa outro motivo para uma bela briga.

Lanshaid estava em êxtase. Um grupo de observação foi enviado para verificação, confirmando as mortes dos monstros alados.

A grande ameaça, a maldição dos dragões, revelara-se surpreendente pela presença inédita de dois monstros alados e, principalmente, pela sua conclusão, na qual a providencial intervenção de outra criatura alada permitiu uma vitória histórica. Enquanto comemoravam todas as vidas salvas naquele dia épico, os habitantes da cidadela agradeciam aos deuses pela sua possível e silenciosa atuação.

Tilbrok estava dividido entre o entusiasmo pela grande vitória e pelo mistério da criatura alada, que se dirigira exclusivamente a Asclépius ao final da contenda contra Fobos e Deimos.

— Asclépius, meu jovem, desconfio que você tenha participação nesse estranho e feliz incidente que resultou numa das maiores vitórias de Lanshaid – disse o conselheiro, no meio da comemoração.

— Estou muito feliz por todos, grande Tilbrok! Meu avô me alertou para a importância de minhas escolhas e para a necessidade de não julgar as aparências. Desde sempre fui perseguido pelas erínias, motivo pelo qual ele me mantinha afastado do mundo. Recentemente, no caminho para Lanshaid, tive a oportunidade de encontrar e ajudar uma erínia extremamente ferida. Hoje, ela veio para nos ajudar.

— Para lhe ajudar, meu jovem. E essa ajuda beneficiou a todos – falou o conselheiro. – As erínias são criaturas assustadoras, mas invariavelmente justas. Buscam de maneira incansável os condenados e são implacáveis na aplicação de cada pena. Jamais imaginei ter a infelicidade ou, como agora, o privilégio, de ver uma ao vivo.

— Na verdade, eu ainda não sei se meu problema com as erínias está encerrado. Só posso afirmar que uma delas me é mais simpática do que as outras, que ainda não tive a oportunidade de conhecer – comentou Asclépius, preocupado.

— Uma crise de cada vez, meu rapaz! – disse Tilbrok. – Hoje, por conta de suas sábias escolhas, Lanshaid salvou você e você salvou Lanshaid. Vamos comemorar as vitórias de hoje e nos preparar para voltar à busca pela recuperação plena do príncipe Armury e da princesa Brígida!

A festa em Lanshaid durou a noite toda. O rei K-Tarh não fez por menos, ordenando a abertura de muitos barris do melhor hidromel do estoque real. Armury reuniu-se às famílias reais e a Enid, Asclépius e Eathan, mas ainda afastado dos demais. Não achava oportuno e confortável caminhar como um morto-vivo em meio ao público.

Tilbrok fez uma raríssima aparição em meio às festividades, sendo ovacionado pelos cidadãos. Apesar de feliz e aliviado, o conselheiro sabia que muito sofrimento ainda podia advir até a resolução dos enigmas que atingiam Armury e Brígida, além dos guerreiros petrificados nas torres de monitoramento.

De volta às pesquisas, Tilbrok fez uma nova avaliação do pergaminho que Lothuf enviara por meio de Asclépius. Enfim, ele podia dedicar-se à misteriosa mensagem de Lothuf: "Quando partir é diferente de partir?".

No pergaminho, ele notou algumas pequenas anotações elaboradas pelo velho mago. Um dos símbolos grifados do antigo dialeto possuía uma construção gráfica extremamente semelhante a outro também ali destacado.

Buscando em livros antigos disponíveis na biblioteca do palácio de Lanshaid, o conselheiro confirmou as suspeitas de Lothuf: o símbolo que identificaria a expressão "partir" com significado de fracionar, dividir ou quebrar era, de fato, extremamente parecido com o símbolo que representaria "partir" como viajar, deslocar-se ou mudar de local.

— Partir é diferente de partir, claro – murmurou Tilbrok para si próprio. – Mas qual a relevância? Por que esse símbolo seria importante?

Tilbrok tentava uma conexão com o raciocínio de Lothuf, buscando seguir os passos que tinham resultado naquelas anotações e na urgência da mensagem repassada pelo neto. – Este símbolo significa "a viagem" – balbuciou o conselheiro. – Este outro significa a "quebra". De repente, Tilbrok sentiu um calafrio. Uma grande revelação estaria presente nas anotações de seu velho amigo.

— Será possível? – indagou Tilbrok, perplexo, vasculhando em busca do antigo livro que Lothuf deixara para Asclépius.

Agitado, o conselheiro localizou o livro e folheou-o tentando encontrar a antiga profecia celta na qual Lothuf baseara seus estudos. Ao localizar o trecho, ele confrontou os símbolos ali desenhados com os, então, destacados pelo velho mago no pergaminho. Tilbrok estremeceu. A grande verdade estava oculta em um pequeno e quase imperceptível detalhe. Zefir revelara-se um feiticeiro muito mais ardiloso do que todos tinham previsto. Não fosse a determinação de Lothuf de Epidauro essa revelação jamais viria à tona.

Com o pergaminho e o livro em mãos, o conselheiro saiu em busca de Armury, lutando para escapar do entusiasmo dos cidadãos embriagados na grande comemoração.

Acabara de surgir uma luz no fim do túnel.

Nas proximidades de Lanshaid existia uma imensa cratera resultante da queda de um grande meteoro há milhares de anos. Por muito tempo o local foi tratado como "amaldiçoado" pelos viajantes, que viam ali o resultado da ira de Taranis, o deus do trovão. Repleta de mata fechada, a cratera era o último esconderijo viável para Alecto e Megera antes de alcançarem Lanshaid. Mas a determinação de Alecto parecia estar mudando desde a aparição irritante de Ártemis, a irmã gêmea de Apolo.

— Precisamos conversar! – grunhiu Megera.

— Imagino o assunto... – respondeu Alecto, incomodada.

— Tisífone, desde o princípio, tentou alertar sobre a perniciosa influência de Ártemis sobre Hades.

— Até aí, nada demais – respondeu a erínia, aparentemente desinteressada.

— Agora, Ártemis abandona o conforto do Olimpo para chegar até nós, deixando evidente seu interesse pessoal nessa captura do rapaz – prosseguiu Megera.

— Também é fato.

— Por Zeus, Alecto! Até eu já percebi que tem o dedo de Ártemis nessa maldita história!

— Deixar esse rapaz escapar só não me causa mais incômodo do que ser manipulada pela irmãzinha de Apolo – falou Alecto, impaciente.

— Pense bem... Estamos nessa função há milhares de anos! – insistiu Megera. – Tisífone nunca agiu dessa maneira em todos esses anos.

— Por que ela não abriu o jogo comigo? – rosnou Alecto, irritada.

— Por quê? Olhe para si mesma! Não suporta ser contrariada, não questiona ordens, leva as decisões e determinações de Hades a ferro e fogo! E não é exatamente uma criatura fácil de lidar. Estou tentando mostrar os fatos e você já está tremendo de ódio.

Alecto silenciou-se. Ela sabia que havia lógica nas palavras de Megera, historicamente reconhecida pela sua extrema lentidão de raciocínio.

— Façamos de conta que eu aceitei seus argumentos – respondeu Alecto após um breve silêncio. – Como ficamos nessa confusão?

— Acho que precisamos procurar Tisífone. Devemos ouvir sua versão da história. Com calma, sem gritaria – sugeriu Megera.

— Sem gritaria... Olha só quem está falando! – ironizou Alecto.

— Ok, tudo bem! Não sou um exemplo de diplomacia – concordou Megera. – Mas eu lhe avisei que não senti a culpa no rapaz, assim como Tisífone. Meus ouvidos ainda doem após sua resposta.

Alecto movimentou-se pela grande cratera. Olhando para o céu percebeu que o dia estava prestes a começar.

— Tudo bem! – falou a furiosa erínia. – Diante do milagre que representa um raciocínio lógico de sua parte aceito a proposta. Vamos procurar Tisífone antes de tomarmos uma decisão sobre o filho de Corônis.

— Milagre por milagre, você aceitar uma segunda opinião é um evento quase apocalíptico – ironizou Megera.

— Não abuse da sorte! – grunhiu Alecto. – Vá dormir.

— Podia ter nos poupado 15 anos... – insistiu Megera.

— Vá dormir.

Montado em seu cavalo, o rei Flégias observava de posição privilegiada o resultado de sua insana decisão. O oráculo de Delfos ardia em chamas enquanto centenas de pessoas apavoradas dividiam-se entre tentar apagar o fogo ou salvar as próprias vidas.

Misturados ao público desesperado, soldados de Zefir e Flégias uniam--se no sorrateiro ataque, seguindo friamente os planos do feiticeiro. Flégias tomava grandes goles de uma garrafa de vinho, que ele trazia presa à sela de sua montaria. Desde a morte trágica de Corônis, o rei da Tessália mantinha-se constantemente entorpecido pelo álcool. Agora, diante do terrível espetáculo ali promovido pelas chamas, ele desfrutava da boa sensação proporcionada pela vingança prometida por Zefir.

— Estou aqui hoje em respeito à memória de seu irmão, Ampycus – afirmou o rei, já demonstrando embriaguez. – Que os deuses o tenham em sua glória!

— Sim, Ampycus... Aquele que previu que um dia Flégias seria o rei da Tessália. E olhem só... Ele acertou! Também previu o triste destino de minha amada Corônis, sua filha. Só não disse quando, nem como... nem por quê. O filho preferido de meu pai, aquele cuja pedra do destino brilhava, diferentemente deste pária, desprovido de talentos. Ampycus, mais um vidente que não previu a própria desgraça e morreu sozinho num calabouço em Lanshaid.

Flégias ficou em silêncio diante do tom irônico do feiticeiro. Optou por tomar outro gole de vinho e não perder tempo discutindo com Zefir que, afinal, estava servindo aos seus propósitos.

— E por falar em videntes, majestade, que espécie de vidente é esse deus que ignora o incêndio planejado contra seu próprio templo? – questionou Zefir. – Um deus que permite a morte de seus fiéis devotos em pleno oráculo de Delfos? Agora meus soldados estão alcançando o Monumento aos Viajantes, erigido para homenagear Ábaris, o Aeróbata. Na base do monumento eles encontrarão uma caixa enterrada há muito tempo, mais um dos grandes segredos que Apolo jamais previu.

— Quero estar presente no grande momento – respondeu Flégias. – É minha única exigência.

— Em posição privilegiada, majestade! Eu lhe garanto! – prometeu Zefir.

Há centenas de metros dali, Guilles de Lefréve, auxiliado por Cédric e Ellija, quebrava a pesada lápide de pedra localizada exatamente na base do Monumento aos Viajantes no Oráculo de Delfos. Em meio a todo aquele caos, ninguém se importava com a movimentação daquele pequeno grupo de desconhecidos.

Em instantes, uma estreita caixa foi cuidadosamente retirada do meio da terra e, em seguida, carregada pelos homens de Zefir para longe dali. Entre gritos por socorro e pedidos de água para apagar as labaredas, os três guerreiros subiram em seus cavalos e desapareceram em meio à densa fumaça.

— Não vamos sequer dar uma olhada no conteúdo? – perguntou Cédric.

— Não quero nem saber o que tem aí dentro! – respondeu Guilles. – Boa coisa não há de ser.

— Zefir disse que se trata da vingança final – comentou Ellija, visivelmente assustado.

— Vamos entregar essa caixa exatamente do jeito que a encontramos. Como eu lhes disse, é a nossa última missão – disse afirmou Guilles, encerrando a conversa.

Ao alcançarem Zefir, acompanhado pelo rei Flégias no alto da colina, os soldados depositaram a caixa no solo perto do feiticeiro.

— Eis a sua última encomenda, ó poderoso Zefir. Agora queremos o pagamento combinado – solicitou Guilles ao feiticeiro.

— Vocês fizeram por merecer, meu bom Guilles de Lefréve! Sempre direto e objetivo! – disse Zefir em tom de despedida. – Mas depois de tudo eu não poderia permitir que partissem sem antes descobrirem a importância do ótimo trabalho que realizaram. Por favor, abram a caixa.

— Podemos mesmo? – perguntou Cédric, animado.

— Claro que sim, Cédric! É o mínimo que posso fazer após tanta dedicação – respondeu Zefir.

— Não queremos atrasar vossos planos, Zefir – afirmou Guilles, desconfiado da repentina cordialidade.

— Eu faço questão, meu amigo! Além do mais, seus companheiros de batalha estão visivelmente curiosos – insistiu Zefir.

— Vamos lá, Guilles, só uma olhadinha! – falou Cédric, implorando. – Fizemos por merecer! Foi o grande Zefir quem autorizou.

Em silêncio, Guilles de Lefréve retirou um punhal da cintura e encarou Zefir friamente por alguns longos e tensos segundos. Contrariado, o soldado ajeitou-se junto à caixa e, em companhia dos curiosos companheiros, pôs-se a forçar a abertura dela.

De repente, a caixa abriu-se justamente no fecho. Diante dos olhares surpresos, uma belíssima peça dourada reluziu diante de seus olhos, mas, logo em seguida, os três guerreiros foram paralisados por alguma estranha energia.

— Gui... Gui... Guilles, o... que está... acontecendo... – murmurou Cédric com visível dificuldade.

— É o nosso... pa... pagamento... idiota – respondeu o guerreiro, vendo confirmar-se seu mau pressentimento.

Ellija sequer teve tempo para dizer suas últimas palavras. Diante do olhar atônito de Flégias, os três homens transformaram-se em estátuas de pedra.

— Como eu suspeitei! – exclamou Zefir. – Uma última armadilha criada pelo sumo sacerdote de Apolo.

— Pelos deuses! – exclamou Flégias impressionado. – Magia negra! Seus homens viraram pedra!

— Magia das sombras para ser mais preciso – disse Zefir. – Ábaris não ia facilitar. Imaginei que aproveitaria o pergaminho das sete maldições para uma surpresinha extra. Ao ser castigado por Apolo, o Aeróbata teve seu momento de rebeldia registrando nos pergaminhos um código para localização de um dos grandes presentes que ele recebeu do próprio deus.

— Um presente que será devolvido para Apolo! – disse Flégias, tomando outro grande gole de vinho. – Mas são três homens a menos para a conclusão desse seu plano suicida.

— É o pagamento que mereceram por trabalharem para um "feiticeiro insano, desequilibrado e mau cheiroso" – falou ironicamente Zefir. – E, afinal, alguém precisaria abrir a maldita caixa.

O feiticeiro, então, retirou da caixa a lendária flecha de ouro de Ábaris, o Aeróbata.

Tilbrok, com muito custo, conseguiu atingir a entrada principal do palácio. Nas vias da cidadela, a população, eufórica, cantava e dançava como nunca antes na história de Lanshaid.

O rei K-Tarh e seus convidados estavam reunidos no grande salão, comendo e bebendo, em rara descontração após os últimos e pesados dias.

Armury encontrava-se a sós na grande biblioteca, imaginando qual seria o destino de Zefir após seu desaparecimento da torre 9. O príncipe havia concluído que o feiticeiro teria, outrora, escapado do campo de batalha em Urânia utilizando um dos surpreendentes orbes de transposição. Absorto em seus pensamentos, ele já planejava organizar grupos de busca para tentar encontrar e capturar o desaparecido Zefir.

Tilbrok entrou na biblioteca nesse exato momento e abriu ansiosamente o livro que Lothuf deixara para Asclépius.

— Majestade, acredito que eu tenha encontrado, enfim, um caminho para a quebra da maldição! – explicou o conselheiro abruptamente.

— Conseguiu minha atenção, nobre conselheiro! – respondeu Armury, aproximando-se.

— Asclépius nos trouxe a última mensagem de Lothuf, que parecia um simples enigma – prosseguiu Tilbrok.

— Sim, eu me lembro: "Quando partir é diferente de partir?" – disse o príncipe.

— Justamente! Procurei nos rabiscos de Lothuf e percebi que ele tinha feito anotações interessantes sobre os símbolos registrados nos pergaminhos.

— Por Taranis, Tilbrok! Seja mais objetivo! – pediu Armury, impaciente.

— No dialeto utilizado por Ábaris, o símbolo que representa "partir" é muito semelhante ao símbolo que significa "quebrar". Entende a importância disso? – perguntou o conselheiro.

— Partir, quebrar... Ainda não entendo a relevância – respondeu Armury.

— A profecia, majestade: "A última lâmina partida quebrará a maldição...".

Nunca se tratou de quebrar aquela espada no campo de batalha! A lâmina "partida" na verdade remeteria ao símbolo de "viagem". Temos, aqui, uma espada desaparecida, levada do campo de batalha. Ou, como queira, uma lâmina que "partiu" daquele local.

— A última lâmina partida... Uma espada que "partiu" daquele campo de batalha em Urânia... Pelos deuses! Estou começando a entender! – respondeu Armury, tomando em suas mãos o livro de Lothuf.

— Ao criar acidentalmente a maldição cruzada, Zefir apegou-se a um sorrateiro jogo de palavras para nos confundir. Quando interpretamos "partir" com o sentido de "quebrar" e, por fim, vossa alteza quebraste a fatídica espada em Urânia, ocorreu a mutação da magia, ou o sortilégio de primogênitos, que atingiu a vossa majestade e, ao mesmo tempo, livrou o próprio feiticeiro, até o presente momento.

— Então ao quebrar aquela espada a maldição que se abateu sobre Lanshaid foi direcionada para mim?

— Exatamente. Da mesma maneira que ao quebrar a maldição em Gzansh, Lothuf acabou direcionando a maldição para a princesa Brígida, inadvertidamente. Foi a maneira ardilosa que Zefir encontrou para, ao menos temporariamente, esquivar-se do custo do próprio equívoco – explicou Tilbrok.

— Mas a última lâmina "partida" quebrará a maldição... Onde está essa maldita espada? – questionou Armury.

— Sinto que já sabemos onde ela está, majestade – respondeu Tilbrok, enigmático.

— Se sabemos, o que nos falta para que a peguemos? – questionou Armury, confuso.

— Provavelmente, ela já está entre nós, mais precisamente presa na bainha em sua cintura – respondeu Tilbrok, para surpresa de Armury.

— Esta espada? A que retirei do cadáver? – perguntou o príncipe incrédulo, retirando a referida lâmina da bainha.

— Tivemos a oportunidade de conversar sobre isso, não se lembra? A impossibilidade matemática de estarmos diante de fatos aleatórios. Essa espada que vossa alteza, providencialmente, retirou daquele cadáver, possui esta inscrição grafada em grego.

— Sim, Katára... Mas Katára seria o nome do infeliz segundo o guerreiro que deixei fugir.

— Provavelmente um apelido, majestade, já que, em grego, Katára significa "maldição" – explicou o conselheiro.

Armury sentiu um calafrio. A batalha no desfiladeiro de Urânia voltou-lhe à memória imediatamente. O último guerreiro de Zefir, caído ao solo, o mesmo que o desafiara ferido e à beira da morte.

— "Meu nome é Maldição e vou acompanhá-lo pelo resto de sua miserável existência..." – murmurou o príncipe, impactado. – O último guerreiro de Zefir, aquele cadáver que sepultei à beira da estrada.

— Tudo está se encaixando, majestade – comentou Tilbrok. – Ainda sinto que alguma força ou energia desconhecida está interferindo em toda essa verdadeira saga. Ter tomado para si essa tão importante espada enquanto sofria com os efeitos da névoa do esquecimento não pode ter acontecido ao acaso. E a frase do guerreiro moribundo foi profética: "Meu nome é Maldição e vou acompanhá-lo pelo resto de sua miserável existência".

— Não me parece algo de bom agouro, Tilbrok – falou Armury.

— No meu modo de ver, a sua "miserável existência" pode caracterizar o tempo em que se encontra, se me permite, nesse deplorável estado majestade. Sendo assim, a espada deve permanecer em seu poder até a quebra da maldição – explicou Tilbrok, cuidadosamente.

— Quer dizer que precisarei quebrar algo com essa espada para, enfim, acabar com a maldição? – perguntou o príncipe.

— E quando descobrirmos esse último detalhe, Zefir estará seriamente em apuros – concluiu Tilbrok.

— Então qual o próximo passo, Tilbrok?

— De volta às runas, majestade! Veremos o que as pedras nos dizem diante dessas novas evidências – respondeu o conselheiro.

A princesa Brígida estava visivelmente ansiosa. Acompanhar os últimos acontecimentos à mercê de sua cegueira estava mexendo com seus nervos. Não poder participar diretamente das ações para ajudar a proteger a população era novidade para a moça, acostumada a tomar a frente de crises e urgências. Desde sua última atuação, conduzindo Lothuf até Gzansh e agindo diretamente para libertar a população da cegueira, Brígida passou a ser conduzida e amparada por tantas pessoas que começou a sentir-se inútil.

Asclépius tentava animar a moça, detalhando as últimas descobertas de Tilbrok a ele relatadas pelo próprio príncipe Armury:

— Zefir foi mais esperto do que meu avô pôde calcular, princesa! Ele escondeu a solução para a maldição dentro da profecia! – exclamou o rapaz, surpreso.

— Como assim? A profecia, como sabemos, é bem anterior ao próprio Zefir – comentou Brígida.

— Um jogo de palavras! – detalhou Asclépius. – "A última lâmina partida quebrará a maldição". Zefir manipulou a todos, induzindo ao erro. Partir significaria "viajar" e não "quebrar", como inicialmente suspeitavam.

— Então a última lâmina partida que quebrará a maldição foi levada do campo de batalha – concluiu Brígida

— Sim, isso mesmo! – concordou Asclépius, demonstrando animação.

— Justamente a espada que Armury retirou do cadáver em Dea Matrona. Só posso entender como providência dos deuses! – acrescentou Brígida.

— O conselheiro Tilbrok desconfia que alguma força misteriosa estaria agindo em toda essa crise. Ele, assim como meu avô, não acredita no acaso. Sinto que estamos muito perto de restabelecermos a sua visão – disse o rapaz.

— E do retorno do príncipe Armury à normalidade! – acrescentou Brígida. – Estou impressionada com a abnegação dele diante de toda essa crise. Não hesitou em proteger a todos, liderou os soldados mesmo na horrível condição em que a maldição o deixou.

— Verdade! Armury me surpreendeu também quando foi pessoalmente me resgatar naquela torre de vigia. Estou confiante de que meus dois novos e grandes amigos voltarão a viver em normalidade – disse Asclépius.

— Qual o próximo passo? Para onde nos levam essas descobertas? – perguntou a princesa.

— Tilbrok vai consultar as runas. Lembro-me de meu avô ter destacado que as runas conversariam melhor com o conselheiro. Segundo o príncipe

Armury, existe algo em algum lugar que precisa ser quebrado pela espada encontrada por ele. Quem sabe as runas apontem o caminho?

— Algo em algum lugar... – murmurou a princesa. – Faz parecer tão distante e inalcançável.

— Ou tão próximo e ao alcance como a espada encontrada por Armury! – falou Asclépius. – O que me impressiona é a conexão entre todos os fatos. "Meu nome é maldição e vou acompanhá-lo pelo resto de sua miserável existência". O que parecia uma bravata de um moribundo revelou-se uma peça importante desse enigma.

— Sim! Katára! Maldição em grego! Também fiquei impressionada! – afirmou Brígida.

— Talvez o objeto a ser quebrado esteja ao nosso alcance e ainda não tenhamos percebido!

De repente, a princesa Brígida empalideceu. Lembranças de acontecimentos recentes vieram à tona. O repentino regresso do príncipe Armury, a atuação de Asclépius restaurando a sua memória, o emocionante abraço entre pai e filho que nem a terrível maldição impedira... Tudo surgiu em sua mente detalhadamente, da forma como lhe fora narrado por seu pai, além do próprio Asclépius. Mas um detalhe ficou perdido por conta de todo esse turbilhão de emoções. Um detalhe que, agora, estava demasiadamente evidente para a princesa, que entendia que sua singularidade e sua relevância não podiam ser simples coincidência.

Uma peça do enigma que acabaria opondo a visão de Lothuf e do próprio Zefir, que emergia juntamente a uma frase enigmática proferida pelo velho mago pouco antes de morrer: "Talvez Tilbrok possa lançar luz onde só vi escuridão, assim como em sua atual escuridão você consiga enxergar o que muitos estarão em uma busca desesperada bem debaixo dos próprios narizes".

— Debaixo dos próprios narizes! – exclamou a princesa ansiosamente.

— Não entendi – respondeu Asclépius, confuso.

— Eu sei! Lothuf me alertou! Ele me disse, quer dizer, me avisou... Eu sei o que é! – falou a princesa, ainda mais agitada.

— O quê? Não estou entendendo! – disse Asclépius.

— Eu sei o que precisa ser quebrado! – falou Brígida quase aos gritos. – Precisamos falar com Armury, agora! Por favor, Asclépius, me ajude a chegar até ele.

Três terríveis criaturas reuniram-se novamente após um período de sérias desavenças. Tisífone, enfim, aceitou conversar com Alecto após muita insistência de Megera. O temperamento explosivo da mais furiosa das erínias já havia causado um embate violento entre as irmãs, resultando em sérios ferimentos em Tisífone, que foi, inesperadamente, salva por um de seus condenados há mais tempo procurado: Asclépius de Epidauro. Foram quinze anos de buscas nos quais Tisífone não encontrara fundamentos para a suposta condenação do rapaz, sobretudo após o encontro com o centauro Quíron e a mensagem de Lothuf de Epidauro.

— Pois bem, comece a falar – exigiu Alecto abruptamente.

— Como assim "comece a falar"? Não estou aqui como testemunha de quem quer que seja. Estou aqui por simples cortesia – respondeu Tisífone, irritada.

— Por que nunca me falou sobre a inocência de Asclépius? – questionou Alecto.

— Você está ficando senil. Eu tentei explicar-lhe várias vezes. Inclusive, na última você mostrou toda a sua incapacidade de conversar – falou Tisífone, brava.

— Senil? Como ousa... – ameaçou Alecto, perdendo o controle e atirando-se novamente contra a irmã.

Entretanto Tisífone, que não havia digerido a última agressão da intempestiva irmã, dessa feita estava preparada. A erínia, movimentando-se com incrível agilidade, utilizou o peso de Alecto contra a própria, derrubando-a e imobilizando-a a seguir, deixando Megera paralisada:

— Não desta vez, Alecto! – rosnou Tisífone, apertando a garganta da irmã com uma das garras inferiores. – Ficamos quinze anos caçando um inocente por conta de sua mentalidade tacanha e incapacidade de raciocínio. Você se comporta como a líder aqui, mas ninguém lhe colocou nesse inexistente posto. Somos iguais e, a partir de hoje, que isso fique bem claro. Não mais aceitarei suas ordens, tampouco tolerarei suas ameaças. Nossa função é promover o castigo dos condenados, mas seguindo os rígidos critérios da justiça! Estivemos, por sua culpa, muito perto de cometer uma grande e imperdoável injustiça com aquele rapaz.

Completamente subjugada e surpresa com a facilidade com que fora imobilizada, Alecto recuou. Libertada por Tisífone, a furiosa erínia levantou-se e encarou-a:

— Pelo visto os poderes do garoto foram providenciais – ironizou. – Vejo que se recuperou plenamente.

— Mais do que os poderes, Asclépius demonstrou caráter e piedade – retrucou Tisífone. – Ajudou-me mesmo ameaçado e sem pedir nada em troca. E nós sabemos o que isso significa.

— Ele não pediu nada em troca? – surpreendeu-se Alecto.

— Não. E sequer lhe ofereci. Muito pelo contrário, exigi que me deixasse em paz. Na verdade, eu já havia me conformado com o fim naquela mata fechada – falou Tisífone. – Mas Asclépius me salvou com seu dom milagroso. E insisto: o caráter do rapaz é muito maior do que o dom de cura dele.

Alecto respirou fundo. Suas suspeitas de que Ártemis estivera conspirando para induzir Hades ao erro e, por extensão, fazê-las agir com injustiça, estavam prestes a serem confirmadas. Megera, que ainda estava perplexa com o novo embate das irmãs, recuperou a calma e arriscou uma pergunta:

— E então? Como ficamos?

Tisífone propôs o acordo de paz:

— Alecto, reconheço sua capacidade de odiar os criminosos e admiro sua determinação em punir os condenados, mas é preciso aprender a interpretar os sinais e a ouvir outros pontos de vista. Vamos seguir, lembrando de Asclépius, para que nunca mais persigamos alguém sem a confirmação plena de sua culpa.

— Vamos para Delfos! – interrompeu Alecto, mudando repentinamente de assunto. – Algo de muito errado está acontecendo por lá!

Alecto levantou voo seguida pelas outras duas – confusas – erínias. Ela não admitiria jamais, mas sabia que a lendária reputação de justiça relacionada às três furiosas criaturas fora salva pela atitude de Tisífone.

Os poucos soldados que restaram do outrora assustador exército de Zefir estavam em fuga. Após encontrarem os corpos petrificados de Guilles, Cédric e Ellija, os guerreiros decidiram que tentar receber algum pagamento do feiticeiro poderia ser muito desagradável. Além disso, vivos teriam outras batalhas para lutar; mortos só lhes restaria a barca de Caronte.

Enquanto o oráculo ardia em chamas, Zefir preparava-se para seu último ato, no qual apostara toda sua vida, sua saúde e sua sanidade mental.

Mantendo o rei Flégias em posição privilegiada, o feiticeiro repassava mentalmente todas as fases de sua jornada, que naquele momento aproximava-se rapidamente do fim.

O Monumento aos Viajantes tinha desabado, com um forte estrondo no meio das enormes labaredas. Com o incêndio totalmente fora de controle, só restava ao povo assistir de longe a total destruição do Templo de Apolo em mais um ato impiedoso de Zefir, o Terrível.

Impaciente e já embriagado, Flégias cantava e gritava, comemorando diante da trágica cena, ao mesmo tempo em que desafiava Apolo a surgir e apagar o incêndio.

— Apolo, onde está você, seu covarde? – gritou o soberano. – Vai deixar seu oráculo queimar impunemente?

Entre gargalhadas e gritos descontrolados, Flégias agia exatamente conforme a expectativa de Zefir. Naquele momento, todas as atenções seriam destinadas a Delfos e, na esperança do feiticeiro, até mesmo as do Olimpo. Enquanto ouvia os impropérios insanos gritados a plenos pulmões pelo rei da Tessália, Zefir examinava os céus tentando adivinhar de onde surgiria seu alvo derradeiro juntamente a sua comitiva.

— Sim, ele descerá do Olimpo, naquele globo de luz, pomposo como sempre e cercado por aqueles miseráveis – disse para si próprio. – Como desceu naquele fatídico dia no pátio da casa de meu pai. Tanto aparato e eloquência, tanta hipocrisia e alienação. E levou aquele pedaço de carvão, a minha "pedra do destino". Um vida sem brilho e desgraçada me aguardava, ele prometeu. Mas de onde ele surgirá? Norte, pela entrada principal do oráculo, ou sul, onde as chamas estão mais espessas? Não importa, não importa. Agora tenho a flecha de Ábaris e conheço o segredo. Quase me escapou, quase deixei passar, mas consegui o código que o sumo sacerdote de Apolo escondeu nos pergaminhos por puro rancor. Assim é Apolo, um grande semeador de rancores. Mas hoje é o dia da colheita! E quem semeia rancores colhe vingança! O Aeróbata, viajando pelo mundo em sua flecha de ouro. Bastava dizer o nome do local para que a flecha o levasse até lá. Hoje o destino será outro. Hoje a flecha fará sua última viagem. Foram muitos anos, Apolo, muitos mesmo... Mas hoje você descobrirá o verdadeiro brilho da minha pedra do destino...

As palavras de Zefir refletiam o ódio acumulado, aquilo que o levou, em sua insana jornada, a tornar-se um feiticeiro. Todo aprendizado que conseguiu acumular seria direcionado para sua vingança contra a entidade que ceifara a vida de sua amada e, por conseguinte, acabara transformando Ischys de Lapith no terrível Zefir, agora ali, oculto nas proximidades de Delfos, corpo e mente consumidos pelos efeitos nefastos da magia das sombras.

Quando ainda buscava os pergaminhos ocultos com seu exército de mercenários, Zefir acabou encontrando, no Vale de Sirim, uma relíquia atribuída a Ábaris, o sumo sacerdote de Apolo. Naquela peça, o feiticeiro observou a existência de um poema escrito em grego, em que Ábaris revelava sua mágoa com o castigo recebido de Apolo e sua travessura, por assim dizer, ao esconder nos pergaminhos a localização de sua fantástica flecha de ouro.

Mais do que um meio de transporte no qual Ábaris viajaria pelo mundo, a flecha de ouro a ele presenteada seria, na interpretação do próprio Ábaris, uma poderosa arma contra os deuses. Sem a possibilidade de confirmar a veracidade da relíquia, Zefir passara a investigar e a seguir os caminhos percorridos pelo Aeróbata desde sua elevação a sumo sacerdote até o primeiro incidente envolvendo a sua flecha, roubada por Pitágoras, um de seus diletos alunos.

Após reaver a flecha, Ábaris tratou de escondê-la mais uma vez por ordem de Apolo, temeroso que ela pudesse cair em mãos perigosas, mas não antes de criar um código que somente um louco obcecado e versado na magia das sombras poderia ousar decifrar. E assim, obsessivamente, Zefir perseguiu todas as pistas por mais dúbias e controversas que fossem, manipulando reis e governantes, semeando medo e causando o caos por onde quer que passasse, até chegar ali, diante do fogo que consumiria o templo e armado com, talvez, o único e imprevisível artefato que poderia matar um deus.

Repentinamente, alguma coisa brilhou no céu. Bem diante do antigo portal principal do Oráculo de Delfos, um globo luminoso surgiu, flutuando suavemente, buscando local para um pouso seguro. Ártemis, Ares, Hefesto, Hermes, Dionísio e Atena, irmãos de Apolo, surgiram do interior daquele inexplicável globo. A multidão, sensibilizada, que até aquele momento acompanhara o incêndio, caiu de joelhos diante da surpreendente presença dos deuses do Olimpo.

Mas Zefir conseguiria controlar a frustração diante da ausência do tão aguardado deus Apolo?

Tilbrok abriu apressadamente as portas do salão do Conselho seguido por Armury. O conselheiro aproximou-se de sua mesa, onde fazia a leitura das runas antigas, e respirou profundamente. Diante de um ansioso, mas contido príncipe, Tilbrok iniciou o ritual de leitura, formulando mentalmente as perguntas e arremessando as pedras três vezes, consecutivamente.

— Algo estranho está acontecendo! – murmurou Tilbrok.

— O que está acontecendo? – perguntou Armury, confuso.

Tilbrok repetiu os arremessos diversas vezes.

— O que está acontecendo, Tilbrok? – questionou o príncipe, percebendo a mudança de expressão do conselheiro.

Tilbrok arremessou novamente as pedras e começou a explicar:

— As runas respondem perguntas previamente mentalizadas. As respostas são formuladas pela combinação de símbolos, além da posição das pedras, invertidas ou não, e são definidas, muitas vezes, por dedução ou eliminação. Mas aqui, nesta mesa, desde o primeiro arremesso, uma palavra surgiu em minha mente: Delfos.

— O oráculo de Delfos? De novo? Temos que consultar a pitonisa? – questionou Armury, inquieto.

— Não é tão simples, majestade! – respondeu Tilbrok. – O nome Delfos surge como urgência. É como se devêssemos estar lá neste exato momento!

Visivelmente preocupado, o conselheiro arremessou as runas mais algumas vezes, até que, decidido, exclamou;

— Alguém ou alguma coisa nos quer em Delfos agora!

— Mas são dois dias de viagem no limite dos cavalos! – disse Armury.

— Mais uma vez teremos que usar a magia, majestade – respondeu Tilbrok. – Terei de abrir um portal dimensional.

— Então vamos buscar reforços. Organizar um grupo de ataque – falou Armury, dirigindo-se para a saída.

De repente, as portas fecharam-se com violência diante dos dois impressionados espectadores.

— Pelo visto nos querem em Delfos e sozinhos! – comentou o conselheiro.

— Seria mais uma armadilha de Zefir? – perguntou Armury.

— Não creio, majestade! Como já afirmei anteriormente, alguma estranha força tem interferido nessa história desde o princípio. Acho que é chegada a hora da revelação – sugeriu Tilbrok.

— Então não temos opção – concluiu Armury.

Tilbrok confirmou que as portas estavam fechadas e solicitou que Armury aguardasse um instante enquanto iniciava o místico ritual de preparação. O cabelo reluzente e as pupilas esbranquiçadas revelaram a conclusão do ritual. Em seguida, o conselheiro passou a dizer as palavras mágicas "Apertum est fatum", e no centro do salão surgiu um portal de luz. Armury empunhou a espada e atravessou a passagem mágica, seguido por Tilbrok. Após atravessarem, o portal dimensional fechou-se e as portas do salão abriram-se, misteriosamente.

Asclépius e Brígida seguiam apressadamente no meio da multidão em festa, que, aliás, não tinha hora para acabar. Enquanto os habitantes de Lanshaid rejubilavam-se com a eliminação dos dragões de Zefir e embriagavam-se com hidromel, a princesa e o rapaz tentavam alcançar o pavilhão que dava acesso ao salão do Conselho.

Quando, enfim, subiram a escadaria, ignorando a algazarra dos festivos moradores, chegaram ao salão e descobriram que ele estava vazio. Voughan, Zardoz e os demais estavam do outro lado do castelo, comemorando com as cortes de Gzansh e Lanshaid, e o destino de Tilbrok e Armury era um total mistério para a ansiosa dupla. Conduzida por Asclépius, Brígida explicou ao rapaz a sua linha de raciocínio que levava à provável grande descoberta que pretendia repassar para Armury e Tilbrok o mais depressa possível.

— Pense comigo, Asclépius. A revolta de Zefir iniciou-se com a morte de Corônis, quer dizer, sua mãe, vítima do ciúme e do descontrole do deus Apolo. No dia em que foi banido pela própria família, Apolo humilhou-o, atirando-lhe sua suposta pedra do destino, totalmente insignificante. Zefir revelou verdadeiro ódio pelas pedras do destino a ponto de passar o resto de sua vida lutando para provar que sua pedra, que não brilhara, jamais delimitaria o seu brilho pessoal. Mas ainda temos o fator Lothuf!

— Sim, estudioso das pedras do destino e portador da sua pedra, além das de minha mãe e de Armury! – completou Asclépius, seguindo a linha de pensamento da princesa.

— E o mais importante – salientou Brígida –, o grande mago que salvou Gzansh da maldição utilizando a minha pedra do destino, logo depois, com seus incríveis poderes, levou até o príncipe Armury a pedra dele, mesmo estando muito debilitado. Enquanto Zefir repudia as pedras do destino, Lothuf as entendia e as respeitava. E seu avô teve muito trabalho para guardar as nossas pedras por todos esses anos e, enfim, utilizá-las no momento perfeito!

— Claro! Ele usou a sua pedra para quebrar a maldição em Gzansh! – exclamou Asclépius, com entusiasmo. – É natural que tenha visto na pedra de Armury uma provável solução para a maldição em Lanshaid!

— Sabemos que a "última lâmina partida", ou a espada desaparecida, "quebrará a maldição", e que essa lâmina está em poder do príncipe Armury. Mas tem um fragmento da profecia que ninguém observou – disse Brígida, muito animada.

— Um fragmento? Qual? O que deixamos escapar? – perguntou o rapaz, curioso.

— "Glória ao que tudo perdeu no exato momento em que venceu"! – respondeu Brígida.

— Mas isso se refere à maldição que atingiu Armury... Ele tudo perdeu quando derrotou o exército de Zefir. Não entendo – falou Asclépius, confuso.

— "Glória", entende? "Glória ao que tudo perdeu". Está tudo muito claro pra mim! Armury está destinado a quebrar a maldição. Para tanto, ele tem que quebrar a pedra do destino dele!

— Pelos deuses! Sua teoria é muito convincente! – concordou o rapaz.

— Não se trata de uma simples teoria! Lembre-se das palavras de Lothuf diretamente para mim: "Talvez em sua atual escuridão você consiga enxergar o que muitos estarão em uma busca desesperada e bem debaixo dos próprios narizes". Seu avô sabia! Ele previu tudo! E eu tenho absoluta certeza de que Armury deixou aquela pedra tão importante presa à sela de seu cavalo – concluiu a princesa.

Então Asclépius e Brígida caminharam até as estrebarias do palácio, onde encontraram Árion, o valente cavalo de Armury. Auxiliado por Brígida, Asclépius encontrou a pedra do destino do príncipe na sela, como ela previra.

— Você, definitivamente, me convenceu! – disse Asclépius, impressionado com o raciocínio de Brígida.

De fato, mesmo sem enxergar, a princesa vira importantes detalhes que poderiam, enfim, ajudar a quebrar as maldições.

— E para Zefir, escolher as pedras do destino como anteparo para as maldições tentando escapar da "Lei do Retorno" parecia ser a saída perfeita, afinal, quem neste mundo já pôde, sequer, olhar para a própria pedra do destino? Além de odiadas, ele nunca imaginaria que Lothuf estaria com as nossas pedras do destino em seu poder! Obrigar o príncipe Armury a quebrar sua própria pedra para vencer a maldição é uma estratégia digna de Zefir!

— Mas onde estão Armury e Tilbrok? – perguntou Asclépius, olhando desanimadamente para a multidão em festa. – Tilbrok não deve estar se confraternizando com esse povo tão alterado pelo hidromel, e não vejo como um esqueleto possa passar despercebido nesse meio.

Antes que Brígida pudesse responder, Eathan surgiu no alto da escadaria, acenando animadamente para eles.

— Eathan está nos chamando! Pode ser que ele nos ajude a encontrar o príncipe Armury! – sugeriu Asclépius.

Ao alcançarem o guerreiro de Gzansh, os dois foram surpreendidos por uma inesperada informação:

— Que bom que os encontrei! – Tilbrok deseja falar com vocês no salão do Conselho – disse Eathan.

— Não é possível – falou Asclépius. – Acabamos de sair de lá e o salão estava vazio.

— Venham comigo! O príncipe Armury também os aguarda! Parece importante!

Asclépius, agora auxiliado por Eathan, ajudou Brígida a subir a escadaria e a desviar dos festivos moradores. O jovem estava pouco convencido de que Tilbrok ou Armury tivessem passado por eles sem que os notasse, especialmente naquele momento tão crucial. Ao olhar para o sorridente Eathan, o jovem percebeu que a pedra azulada que o guerreiro sempre trazia pendurada em sua corrente estava muito mais brilhante e com um raro tom de azul.

— A sua pedra está diferente hoje, Eathan – comentou Asclépius, surpreso.

— Acontece quando coisas boas se manifestam – explicou o guerreiro,

— Coisas muito boas devem estar acontecendo – insistiu o jovem.

— Não é sempre que dois dragões são eliminados... – desconversou Eathan, adentrando o salão. Ao verificar que o salão do Conselho continuava vazio, Asclépius, resolveu interpelar o soldado de Gzansh:

— Não tem ninguém aqui... O que está acontecendo, Eathan?

— Precisamos mesmo falar com Tilbrok e Armury urgentemente! – suplicou a princesa, igualmente confusa.

— O conselheiro Tilbrok e o príncipe Armury foram para Delfos utilizando magia. Eles me pediram que os conduzisse até lá imediatamente – disse Eathan.

— Delfos? Assim, tão de repente? E nos conduzir até lá? – questionou o rapaz, incrédulo. – Como será possível?

— Com este orbe de transposição! – respondeu Eathan, exibindo inesperadamente a raríssima peça.

Asclépius hesitou. Ele confiava em Eathan, mas sabia que Armury havia localizado e Tilbrok detonado o único orbe de transposição que puderam obter por forças imponderáveis. Preocupado com o desenrolar da conversa, ele começou e temer pela segurança da princesa Brígida:

— Vamos levar a princesa até seus pais. Depois disso seguiremos... Pode ser? – propôs o rapaz.

— Não estou entendendo, Asclépius! – reclamou a princesa. – Jamais eu perderia essa viagem a Delfos. Você sabe disso!

Desconfiado e sem conseguir alertar a princesa, Asclépius tentou outra saída:

— A pedra do destino do príncipe Armury! Precisamos pegá-la na estrebaria!

— Pelos deuses! Alguém pode me explicar o que está acontecendo? Acabamos de pegar a pedra de Armury, Asclépius! Estou cega, mas não louca!

Vendo suas tentativas de sair dali frustradas, Asclépius encarou Eathan, que lhe sorria tranquilamente. Com aquele orbe de transposição em mãos o soldado solicitou que se afastassem:

— Confie em mim, Asclépius! Seu destino aponta para o cosmos! – exclamou Eathan, olhando o rapaz nos olhos.

Então o jovem sentiu um calafrio. Eathan acabara de repetir uma das últimas frases que seu avô lhe dissera no último ritual do monólogo das cinzas que o jovem executara no caminho para Lanshaid: "Seu destino aponta para o cosmos, sua força ficará registrada na história da humanidade". O fator agravante é que Asclépius não havia contado esse detalhe para ninguém. Ainda mais confuso, o rapaz decidiu atender ao apelo de Eathan mesmo com seu estranho comportamento.

No salão do Conselho, após fechar as portas, o soldado atirou o orbe ao chão e uma explosão luminosa surgiu em seguida. Mas o portal de luz que se abriu era muito diferente do anterior ativado por Tilbrok rumo às torres de monitoramento em que Asclépius estivera aprisionado. Em uma fração de segundos, Brígida e o rapaz foram transportados para Delfos, diante do impressionante incêndio que destruía o famoso Oráculo.

Lá chegando, Asclépius, assustado com a agitação e com a correria, notou que Eathan havia inexplicavelmente desaparecido, deixando-o na companhia da desamparada princesa Brígida e a dezenas de léguas de Lanshaid.

— Que burburinho é esse, Asclépius? O que está acontecendo? – perguntou a princesa, assustada.

— Eathan... desapareceu! E o Oráculo está sendo destruído por um grande incêndio. Muitas pessoas estão fugindo enquanto outras tentam apagar o fogo – explicou o rapaz.

— Eathan desapareceu? E quanto a Tilbrok e Armury? Você os localizou?

Buscando nos arredores, Asclépius tentava encontrar um rosto conhecido. Afastado da multidão, ele percebeu que dois indivíduos estavam parados, absortos, observando uma fantástica cena que acontecia naquele momento na base do Oráculo: um grande e inexplicável globo luminoso estava pousado abaixo da colina e alguns estranhos indivíduos saíam de dentro dele. Ao aproximar-se, conduzindo a princesa Brígida com extremo cuidado, o rapaz reconheceu Tilbrok e o príncipe Armury.

Quando notou a chegada da inesperada dupla, Tilbrok exclamou perplexo:

— Por Cerridwen, meus jovens! Que espécie de magia os trouxe até aqui?

— O orbe de luz que Eathan encontrou, Tilbrok – respondeu Asclépius, aliviado em localizar um rosto amigo.

— São tantas as forças agindo aqui neste momento que não vou duvidar de que você acredite nessa impossibilidade, meu rapaz! – disse o conselheiro em tom misterioso. – Se o nosso Eathan tivesse um orbe em seu poder, eu não teria precisado abrir um portal dimensional. De qualquer forma, alguém encontrou um meio poderoso para arrastá-los para cá, já que estou vendo-os com meus próprios e incrédulos olhos!

— Foi Eathan quem nos trouxe! – falou Brígida, intrigada. – Ele nos disse que o nobre conselheiro e o príncipe Armury estavam nos aguardando!

— Não tivemos meios para avisar quem quer que seja da nossa viagem até aqui. De fato, é um comportamento estranho do soldado de Gzansh. Mas sinto que, por enquanto, podemos ficar em paz. Sejam quais forem as forças que nos querem aqui, a princípio não nos querem mal – disse Armury.

— Como pode ter essa certeza? – questionou Brígida, preocupada.

— As runas apontaram uma grande urgência em Delfos – explicou Tilbrok. – Para chegarmos até aqui, abri um portal dimensional. Entretanto, sem imaginar o que estava acontecendo, direcionei o portal para o pavilhão lateral que está bem no meio das chamas. Mas para nossa surpresa e salvação, o portal trouxe-nos até esta segura e estratégica colina, o que, supostamente, seria impossível.

— Impossível? – questionou Brígida.

— Um portal, após se abrir, conduz a um destino anteriormente mentalizado pelo mago conjurador, princesa. Desconheço o tipo de energia que poderia interceptar e redirecionar um portal dimensional após aberto. Mas a julgar pela presença celestial que aqui se manifesta neste raro e confuso momento, suponho que as respostas surgirão em breve – respondeu Tilbrok, visivelmente surpreso.

Armury passou a descrever a incrível cena para a incrédula princesa. Do interior do indecifrável globo luminoso surgiam entidades celestiais, para espanto do enorme público presente e, agora, de joelhos, perante seus deuses. Auxiliado por Tilbrok, o príncipe citou as divindades ali presentes: Ártemis, Ares, Hefesto, Hermes, Dionísio e Atena, todos irmãos de Apolo, que continuava ausente.

Os deuses olhavam impassíveis para o templo em destruição, como se aquilo pouco significasse, apesar de sua inédita presença.

— Por que tantos deuses se manifestariam aqui, diante desse evento? – perguntou Brígida, lamentando não poder ver tão épica cena com os próprios olhos.

— Todos estamos aqui por força do destino, majestade – disse Tilbrok. – Nossa presença aqui não se deu por acaso.

— E o desaparecimento de Eathan? Nunca o vi tão reticente e misterioso – comentou Asclépius.

Repentinamente, um grande alarido vindo da multidão interrompeu o raciocínio do rapaz. O deus Apolo surgiu e juntou-se aos irmãos. Oculto do outro lado da colina, Zefir, enfim, comemorou:

— Finalmente, o miserável nos dá a honra de sua presença! Por que diabos ele não apaga o fogo de seu próprio templo?

Zefir ajeitou-se em seu esconderijo e direcionou a flecha de Ábaris para o grupo de divindades ali presente. Olhando fixamente para Apolo, o feiticeiro ordenou à flecha:

— Acerte o coração daquele que matou Corônis!

Após proferir sua ordem, Zefir observou que a flecha de ouro começou a reluzir e a movimentar-se diante de seus olhos. Em seguida, ela lançou-se rumo ao destino, como se disparada por um poderoso arco.

Zefir não perderia aquilo por nada. Com os olhos fixos naquela cena tão aguardada e planejada por tantos anos, o feiticeiro observou a flecha de Ábaris, sob seu comando, voar rumo aos deuses e acertar o seu alvo.

Um alvoroço repentino entre as divindades confirmou o sucesso de seu terrível plano, mas não em sua totalidade, uma vez que Apolo estava ali, juntamente aos outros deuses, socorrendo a vítima inesperada da flecha. Desesperado, Zefir entendeu tarde demais: a flecha de Ábaris, o Aeróbata, atingira o peito da deusa Ártemis, que agonizava caída ao solo.

Zefir utilizara seu último orbe de transposição. Diante da terrível verdade, o feiticeiro não viu outra saída além de fugir. Atormentado pelos próprios pensamentos, ele viu toda uma vida de sofrimento e rancor acabar em um erro imperdoável.

O homem que se dedicara obsessivamente a um minucioso e elaborado plano de vingança, mesmo com suas falhas ao lidar com os pergaminhos das sete maldições, jamais considerara a possibilidade de cometer tamanho engano. Seu ódio pelo deus Apolo e por tudo o que ele representaria foi o vento que soprou suas velas naquele verdadeiro oceano da vingança.

Agora, diante da terrível realidade, a insuportável sensação de vazio voltou a lhe assombrar. A promessa que havia feito sobre o corpo sem vida da mulher amada tinha sido em vão. A vingança foi, sim, confirmada, mas Apolo continuava vivo, a flecha de Ábaris atingira Ártemis, a irmã de Apolo. Então tinha sido ela, e não Apolo, a responsável por toda a sua desgraça. Ártemis teria, no seu entender, merecido o castigo, mas Zefir não conseguia parar de odiar Apolo.

Alucinado pelo resultado de suas escolhas, o feiticeiro buscou esconder-se de tudo e de todos na isolada floresta de Tirânia, local para onde seu último orbe de transposição o trouxera. Zefir sabia que os próximos acontecimentos eram inevitáveis. Seu inferno pessoal estava apenas começando.

Enquanto isso, na colina próxima ao Oráculo de Delfos, Asclépius tentava entender o que seus olhos viam. Uma espécie de raio dourado partira do outro lado da colina e acertara uma das entidades ali reunidas para horror de todos os presentes. O tumulto resultante do misterioso disparo indicava que os deuses, aturdidos, não esperavam esse ataque.

— Suponho que Zefir subiu mais um degrau em sua escalada de vingança – comentou Tilbrok. – Não consigo imaginar outra hipótese.

— Mas é possível aniquilar um deus? – questionou Armury, em seguida.

— Somente utilizando uma arma criada por outro deus, eu imagino – respondeu o conselheiro.

Asclépius ficou extremamente agitado. Mais uma vez, as palavras de Lothuf ecoaram em sua mente:

— O chamado de Delfos e a flecha dourada! – exclamou o rapaz. – Meu avô me alertou em sua última mensagem! "Quando a flecha dourada for disparada, até mesmo o Olimpo curvar-se-á aos seus pés". Eu tenho de ir até lá! Eu preciso ajudar! – desesperou-se o rapaz.

— O que você poderia fazer entre os deuses, meu rapaz? – perguntou Tilbrok.

— Não sei, conselheiro! Mas qual seria a finalidade de termos sido arrastados para cá?

Percebendo a lógica dos argumentos de Asclépius, Tilbrok disse:

— Estamos razoavelmente distantes daquela plataforma. Creio que minha presença aqui será, enfim, justificada. Prepare-se, rapaz. Vou abrir um portal dimensional. Dessa vez você irá sozinho.

Asclépius respirou fundo e preparou-se. Tilbrok, após o ritual característico, abriu um novo portal dimensional permitindo que, em segundos, o rapaz chegasse à base da plataforma onde os deuses, ainda confusos, socorriam a deusa Ártemis.

O rapaz aproximou-se da plataforma e foi interpelado por Ares, o deus da guerra:

— Onde pensas que vais, jovem mortal?

— Sou Asclépius de Epidauro. Estou aqui para ajudar – respondeu, suavemente.

Ao ouvir seu nome, Apolo levantou-se e gesticulou para Ares:

— Deixe que Asclépius se aproxime, meu irmão!

Ares ficou confuso e tentou insistir:

— Mas Apolo, não é o momento para...

— Eu sei o que estou fazendo, irmão! Deixe Asclépius entrar.

Contrariado, Ares deu passagem para o rapaz que, audaciosamente, avançou na plataforma luminosa repleta de deuses até chegar ao corpo caído de Ártemis.

— Asclépius de Epidauro, você entende o que isso significa? – perguntou Apolo.

Após alguns segundos em silêncio, o jovem olhou para os olhos de Apolo e respondeu:

— Só sei que alguém está em sério perigo e eu posso ajudar!

— Permita uma explicação que se faz urgente e necessária. O que você está vendo bem no centro do tórax de minha irmã é uma flecha dourada. Essa flecha foi um presente que ofertei para um antigo sumo sacerdote de meu templo.

— Ábaris, o Aeróbata? – questionou Asclépius.

— Vejo que Ábaris está famoso por aqui... Ele mesmo! – respondeu Apolo. – Essa flecha foi criada para levar o aeróbata aos mais distantes lugares, bastando enunciar o destino, ou seja, ela recebe e segue ordens e direções, entende?

— Creio que sim. Basta falar o lugar ou a direção – disse o rapaz.

— Muito bom. E exatamente isso. E alguém por aqui, muito rancoroso, ousou encontrar essa flecha e utilizá-la como arma, dando-lhe uma ordem mortal.

— Zefir! Ele achou a flecha do aeróbata! – exclamou Asclépius.

— Sim, ele mesmo! Todos nós já ouvimos falar de Zefir. Ele nem imagina, mas cometeu um erro terrível que nos colocou nesta difícil situação – explicou Apolo. – Não vou tentar omitir a minha cota de culpa nessa triste história, especialmente para um rapaz inteligente como você, mas deixei meus equívocos no passado e decidi interferir para consertar as coisas. Portanto não posso mentir para você: Zefir ordenou que a flecha atingisse um objetivo. Se fosse você no lugar de Zefir, qual ordem seria dada?

Asclépius pensou por alguns instantes. Desconfortável, encheu-se de coragem e arriscou o palpite:

— Acerte o assassino de Corônis?

— Justamente! – aplaudiu Apolo. – Ou, talvez, no caso de Zefir: acerte aquele que matou a minha amada, de maneira mais dramática e fatalista. Enfim, agora você entende o que está acontecendo?

Asclépius olhou ao redor e verificou que todos os outros deuses estavam, em silêncio, acompanhando a sua conversa com Apolo. Caída ao chão, Ártemis, amparada por Atena e Hermes, respirava com muita dificuldade.

— Entendo... Estou prestes a ajudar a assassina da minha mãe...

Apolo emudeceu. O deus levantou-se e permitiu que o jovem se aproximasse.

Asclépius observou a deusa ali caída e juntou as suas mãos. O rapaz começou a emitir sua característica e revigorante luz azulada. A flecha cravada no tórax de Ártemis foi removida suavemente pelo rapaz enquanto o ferimento aberto por ela foi fechando-se pouco a pouco.

Em instantes, para grande surpresa de todos os deuses do Olimpo ali presentes, Ártemis passou a mexer-se e abriu os olhos sã e salva:

— O que houve? O que aconteceu? Quem é esse jovem mortal, aqui, olhando-me desse jeito? – perguntou a deusa, ainda um pouco sonolenta.

— Ártemis, minha irmã, apresento-lhe o incrível Asclépius de Epidauro a quem, a partir de hoje, você deve a sua vida! – exclamou Apolo, apoiando o braço nos ombros do rapaz.

— Não! Você não permitiu isso! – esbravejou a deusa.

— Não mesmo! Você permitiu quando iniciou a grande rede de eventos que resultou neste momento inigualável! – falou Apolo, ironicamente.

— Por Zeus, Apolo! Fiz tudo por você! Livrei sua vida de um destino medíocre e imprevisível! Você estava disposto a abandonar o Olimpo para viver uma vida infernal ao lado daquela mulher! – esbravejou Ártemis.

— Estava escrito! Essa sua superproteção um dia acabaria assim, minha irmã, com sua vida em risco e, para sua sorte, salva por este maravilhoso rapaz!

— Não venha esfregar o destino na minha cara! Essa flecha estúpida que você deu de presente para aquele sumo sacerdote falastrão encaixa-se como nessa teoria? Ou você planejou isso desde o princípio? – disse a deusa.

— Não criei esse verdadeiro "nó górdio", minha irmã. Mas, novamente, precisei interferir para desatá-lo – afirmou Apolo, encarando a irmã com firmeza.

Ártemis silenciou-se. Ela entendeu o recado. Sabia que o irmão, a partir dali, não aceitaria suas reclamações ou sua insolência. Sua busca exagerada pela proteção dos interesses do irmão gêmeo muitas vezes fora norteada por seus próprios interesses. E vê-lo relacionando-se com uma simples mortal despertara sua ira, especialmente quando ouvira no próprio

Olimpo comentários entusiasmados sobre a "beleza inigualável" da moça. Isso foi demais até mesmo para a deusa, que não descansou enquanto não pôs fim àquele relacionamento.

Para sua grande sorte, Corônis possuía um espírito indômito e não era muito adepta à "monogamia". Quando o corvo, o pássaro de língua solta, flagrou a amada de Apolo em um romance inaceitável com o filho de Elathus, as circunstâncias ficaram ao seu lado. Ártemis teve os argumentos que procurava para incitar o ódio no irmão diante da afronta de Corônis, mas no último instante ele não teve coragem de matá-la. Descontrolada, a deusa tomou em suas mãos o arco de Apolo e disparou duas flechas mortais contra a bela jovem.

Apolo desesperou-se e ordenou que a irmã saísse dali, jurando a si mesmo que não permitiria que nada da ruim acontecesse ao filho que Corônis estava esperando.

A deusa quase entrou em choque quando descobriu a gravidez da jovem e, a partir daí, iniciou uma verdadeira cruzada em busca do descendente de Corônis, incluindo a manipulação do suscetível Hades, que colocou as erínias em seu encalço.

Agora, sem opções, a deusa encarou Asclépius e agradeceu-o com um gélido "Muito obrigada".

A plataforma ficou em festa. Os deuses comemoravam aliviados a salvação de Ártemis, ignorando completamente o incêndio que destruía o Oráculo de Delfos.

Asclépius foi saudado com grande reverência por todos, com exceção, claro, da mal-humorada irmã de Apolo. Conforme a previsão de Lothuf, o Olimpo curvara-se aos pés do rapaz.

Na outra extremidade da colina, um pequeno grupo de espectadores tentava entender o estranho desenrolar de fatos que os levara até ali. Com a reação dos deuses na plataforma, todos concluíram que a missão de Asclépius fora muito bem-sucedida. Os amigos estavam ansiosos pelo regresso do jovem para que também pudessem cumprimentá-lo. Brígida, muito agitada, não quis esperar o retorno de Asclépius:

— Príncipe Armury, eu acho que descobri um elemento fundamental para a quebra da maldição que nos aflige – disse a princesa.

— Conseguiu minha atenção, princesa! – respondeu o príncipe.

Brígida repetiu boa parte de sua conversa com Asclépius, relembrando a mensagem de Lothuf e detalhando suas suspeitas com relação à pedra do destino que o velho mago entregara ao príncipe na estrada para Dea Matrona.

— Muito perspicaz, minha cara! – falou Tilbrok, animado. – Não vejo falhas nessa sua brilhante observação.

— Por Taranis! Estivemos todo esse tempo com a solução para a maldição ao nosso alcance! – exclamou Armury, surpreso com as revelações de Brígida. – Por mil demônios! Deixei a pedra do destino na sela de Árion!

Então a princesa tirou da cintura uma pequena faixa de tecido, que ao ser desenrolada exibiu a avermelhada pedra do destino do príncipe Armury.

— Por Cerridwen! Toda essa conjunção de fatos extrapola e muito as minhas expectativas, meus jovens! – exclamou Tilbrok, visivelmente emocionado. – Os destinos de Lanshaid e Gzansh nunca estiveram tão entrelaçados. Um grande futuro nos espera!

Armury pegou sua pedra do destino das mãos de Brígida e observou o seu intenso brilho.

— Mesmo não podendo enxergar você nos mostrou a luz! – disse Armury para a princesa. – Serei eternamente grato por isso.

— Gratidão em Gzansh é uma coisa muito séria! – brincou Brígida.

— Você vai descobrir que em Lanshaid também! – disse Armury, colocando a pedra do destino sobre uma pequena rocha.

O príncipe olhou para Tilbrok e percebeu que o conselheiro estava muito esperançoso. Pediu que ele amparasse Brígida e para que os dois se afastassem. Em seguida, ele retirou a espada da bainha e levantou-a com as duas mãos acima de sua cabeça. Ao baixar a espada com energia, Armury acertou bem no centro da pedra, quebrando-a em dois fragmentos e gerando uma impressionante explosão luminosa que ofuscou a todos.

Quando a luminosidade cessou, Armury olhou para suas mãos e viu a grande e aguardada mudança. Uma transformação ocorria naquele momento, com carne, sangue e pele retornando ao seu corpo. Emocionado, o príncipe olhou para Tilbrok, que aplaudia e enxugava lágrimas inesperadas.

A princesa Brígida, com as mãos no rosto, temia o momento em que abriria os olhos e verificaria a quebra da maldição ou, por infelicidade, uma nova armadilha de Zefir. Aos poucos, ela criou coragem e percebeu a luminosidade oriunda do incêndio que ainda destruía Delfos.

A moça olhou em volta e encontrou o príncipe Armury sorridente, segurando os dois fragmentos restantes de sua pedra do destino.

— Consegue ver? Ainda estão brilhando! – disse Armury.

— Aliviada, Brígida correu até Armury. Eles abraçaram-se agradecidos e comovidos, agora unidos pela grande história, que seria contada por muitas gerações. Após alguns instantes, Brígida olhou Armury nos olhos, deslizou a mão suavemente em sua face e disse:

— Que pena! Não cheguei a vê-lo como esqueleto...

— Decepcionada com o que vê? – perguntou Armury, abrindo um sorriso.

— A beleza está no caráter, príncipe Armury! – respondeu Brígida. Depois, sorrindo, concluiu: – Mas sua aparência é plenamente satisfatória!

Armury sorriu novamente. Uma grande história encerrava-se ali, com a quebra de uma pedra do destino e de uma maldição cruzada. Com as bênçãos de Tilbrok, outra grande história preparava-se para nascer nos corações dos dois jovens, unindo os destinos de Lanshaid e Gzansh.

Uma estranha sensação ocupava a alma de Asclépius. O rapaz acabara de descobrir um grande fragmento de sua vida oculto no passado por seu falecido avô, mas ainda estava muito intrigado com todo o desenrolar dos fatos.

O rapaz, que passara toda a vida temendo a fúria de um poderoso pai que o rejeitara, acabava de descobrir que a ameaça era outra e muito diferente do que esperava. Agora, diante de Apolo, seu verdadeiro pai, suas emoções estavam conflitantes e ele não sabia como agir.

— Eu devo-lhe explicações, Asclépius, além de muita gratidão – disse-lhe Apolo, enquanto os outros deuses festejavam na plataforma. – Claro, se estiver disposto a escutar. É seu direito inalienável recusar.

— Acho que gostaria de descobrir a sua versão disso tudo, uma vez que só tenho fragmentos de informações – respondeu o rapaz.

— Antes que eu o decepcione mais uma vez, deixe-me tentar apresentar-lhe os fios do destino que se emaranharam nessa nossa trama – falou Apolo. – Eu estava muito apaixonado por sua mãe, de uma maneira que nunca imaginei ser possível. Por todo o Olimpo comentavam que eu, provavelmente, estava enfeitiçado, mas era amor, um amor avassalador, que os mortais acreditam que jamais atinja os "poderosos deuses". Muito do que sentimos e fazemos é motivado por emoções que os mortais conhecem bem:

amor, ódio, medo, inveja, e toda sorte de emoções ditas como mundanas. Sua mãe era linda e incontrolável, da maneira que uma deusa deve ser. Mas ela era mortal. Seu espírito livre e inconsequente despertou emoções controversas até mesmo no Olimpo.

— Estranho… – disse Asclépius. – Ouvi um relato extremamente parecido vindo de um homem muito diferente.

— Ischys de Lapith, eu imagino, ou o "poderoso Zefir" – comentou Apolo, mudando o tom de voz. – O pobre coitado foi o grande prejudicado nisso tudo. Mas suas péssimas escolhas pioraram, e muito, a situação. Quando descobri que Corônis mentia para mim sofri com todos os tipos de sentimentos ruins e incontroláveis. Estimulado por minha "doce" irmã, que você teve a generosidade de salvar, eu planejei matá-la. É verdade, apanhei meu arco e flechas e, literalmente, voei até as margens do Rio Pineios, onde confirmei uma informação indigesta. Naquele momento, pensei seriamente em acabar com a vida dos dois. Fui preparado para isso, mas não consegui. O resto você já sabe. Ártemis apanhou meu arco e estamos aqui. Desde então, estou tentando resolver todo o caos gerado pela ação direta de minha irmã. Sua obsessão em "me proteger" acabou destruindo a vida de muita gente.

— Passei toda a minha vida temendo ser encontrado por você. E fui preparado para um fim horrível caso fosse encontrado – detalhou Asclépius.

— Eu imagino! E não tenho como me desculpar por isso. Aliás, você terá oportunidade de me odiar mais ainda hoje. Mas, prosseguindo, eu só percebi o desdobramento dos fatos tarde demais. Pode parecer estranho, mas mesmo um "deus vidente" não adivinha tudo o tempo todo! Por felicidade, surgiu Lothuf de Epidauro em nossas vidas. O velho mago foi a escolha perfeita do Universo. Fez de você um rapaz merecedor de toda a admiração que desperta nas pessoas dignas. Eu não teria feito trabalho melhor. Seu truque para despistar as erínias foi algo que impressionou e irritou muita gente no Olimpo. Mas a sua educação e o seu treinamento valeram cada um dos quinze anos que você ficou fora do alcance.

— Lothuf foi minha única família – falou Asclépius, com saudade.

— Sim. A melhor família. Por isso tenha certeza de que ele está no melhor lugar possível, eu me encarreguei disso pessoalmente – afirmou Apolo.

— Isso é sério? – perguntou o rapaz, esperançoso.

— Muito sério. Nada menos do que o velho mago merece. Lothuf era um desses homens que justificam a manutenção da vida humana neste planeta, assim como você. Quando eu notei a complexidade dos fatos, ele já havia se antecipado. Foram poucas as vezes que precisei interferir, como quando fiz o pergaminho original de Ábaris chegar até as mãos dele.

— O pergaminho das sete maldições verdadeiro? Então foi você o tempo todo! – falou Asclépius, surpreso.

— Seu avô facilitou, e muito, o meu trabalho. Quando descobri que ele planejava fazer a travessia na barca de Caronte para mantê-lo a salvo, resolvi agir mais diretamente. Está preparado para se decepcionar?

— Estou tentando entender essa história de decepção. Mas, enfim, decepção ocorre justamente por não estarmos preparados! Sendo assim, nunca estarei pronto! – argumentou o rapaz,

— Sua agilidade de raciocínio é digna dos deuses! – disse Apolo. – Bem, tenho que arriscar. Você precisa saber.

Apolo passou por uma impressionante transformação. Em instantes, uma pessoa muito conhecida, diante dos olhos impressionados de Asclépius, tomou o lugar do deus.

— Eathan? – perguntou o rapaz, perplexo.

— Olá, menino luz!

Um portal dimensional surgiu no centro do salão do Conselho no palácio de Lanshaid. Em seguida, passaram por ele a princesa Brígida, o príncipe Armury e o conselheiro Tilbrok. Ao surgirem na grande escadaria, os felizes e desavisados cidadãos demoraram para perceber o que estava acontecendo.

Enid, segurando um cálice de hidromel e cercado por três belas mulheres, foi o primeiro a notar. Ao perceber que seu amigo estava livre da maldição, deu um grito contagiante, apontando para a direção do príncipe.

A festa, que já estava extremamente animada com o retorno dos soldados petrificados nas torres de vigia, agora livres daquela magia, tornou-se épica com a chegada dos enfim recuperados Armury e Brígida.

Tilbrok, sempre comedido e arredio, não era o mesmo. Quando desceu a escadaria, ele viu a respeitosa população refrear a comemoração. Então, entusiasmado, pegou um cálice e bebeu um grande gole de hidromel.

— A maldição está quebrada! – gritou o conselheiro, seguido, na hora, pelo grito entusiasmado de todos os cidadãos, que retomaram eufóricos as comemorações.

A notícia espalhou-se com grande velocidade. Brígida e Armury estavam salvos. As nobrezas de Lanshaid e Gzansh juntaram-se ao povo na grande festa e nunca mais essas duas cidadelas tiveram seus destinos separados.

Asclépius estava perplexo. A transformação de Apolo assumindo a aparência de Eathan não era algo que alguém pudesse prever. A partir dessa revelação, toda a sua história adquiriria um complexo e inédito ponto de vista.

— Eathan? Sempre foi você? – perguntou Asclépius, impressionado.

— O valente Eathan está adormecido. Não se preocupe. Ele está sonhando com tudo isso. E quando despertar terá a grata satisfação de voltar a enxergar, graças a você. — explicou Apolo.

— Então ele é real?

— Tão real quanto eu ou você! Eathan é um solitário e extremamente devotado ao rei de Lanshaid. Sem família, ele ficou realmente cego após uma batalha, como explicou... ou expliquei... como queira. Quando a princesa Brígida teve que partir em busca de Lothuf, eu vi a grande oportunidade. Um soldado cego havia quinze anos teria muita utilidade em meio a uma legião de cegos repentinos. Afinal, eu precisava descobrir a grandeza de seu caráter e, confesso, fiquei muito impressionado!

— Mas toda a emoção dele quando recuperou a visão... – murmurou o rapaz.

— Extremamente verdadeira! Ele vai se lembrar de cada momento! – explicou Apolo. – Quando entendi as manobras de Zefir, utilizei o que estava ao meu alcance para proteger você. Acredite, os deuses também seguem regras muito antigas e imperscrutáveis. Podemos muito, mas não podemos tudo. Por isso, inclusive, limitamos o uso da magia. Os humanos não fazem ideia dos riscos envolvidos. No fim, Eathan, assim como eu, será muito agradecido a você. Depois de tudo não me atrevo a tentar ocupar o lugar que Lothuf tem em seu coração, mas quero que saiba que continuarei protegendo você mesmo que não me peça. E responderei como o grande Asclépius de Epidauro: "Você não me deve nada. Fez por merecer"!

Asclépius não sabia o que dizer. Olhar para a imagem de Eathan não facilitava a situação. Ao perceber, Apolo imediatamente voltou a sua aparência normal, mas o colar com a bela pedra azul continuou em seu pescoço.

— O colar de Eathan! – disse o rapaz.

— Na verdade, não – falou Apolo. – Este é um pequeno fragmento de uma grande pedra do destino lançada 15 anos atrás. Aliás, se ela tivesse caído na Terra, abriria uma cratera semelhante àquela existente próximo a Lanshaid. A pedra original de onde saiu este fragmento enfeita meu grande salão no Olimpo. Este é um presente para você: a sua pedra do destino!

Novamente, Asclépius ficou sem palavras. Essa linda pedra havia despertado sua atenção e admiração desde a primeira vez em que a observara no pescoço de Eathan. Recebê-la como presente das mãos do deus Apolo provocava sensações inexplicáveis.

— Eathan não vai reclamar? – questionou o rapaz.

— Ele não vai se lembrar disso. Quando ele disse que se tratava de herança de família, eram minhas as palavras. Como eu disse, Eathan não tem família – concluiu Apolo.

— Não sei o que dizer! – falou Asclépius.

— Esse é você, meu filho! Totalmente guiado pelas emoções. Felizmente, pelas melhores emoções. Hoje as coisas estão confusas entre nós, tenho plena consciência disso. Espero que um dia você possa me perdoar. Coisa que eu não sei se faria se estivesse em seu lugar.

Asclépius respirou profundamente. Diante daquele que fora preparado para odiar, só conseguia sentir simpatia e uma pequena impressão de família há muito tempo apagada.

— E agora? Para onde devo seguir? – questionou o rapaz.

— Como seu avô já lhe disse, seu destino aponta para o cosmos – respondeu Apolo. – Mas, antes, eu iria para Lanshaid! Uma festa épica está acontecendo por lá e tem muita gente ansiosa por sua presença! Armury e Brígida estão muito bem e por conta disso Zefir, a esta hora, deve estar recebendo visitas nem um pouco agradáveis! Quíron, o centauro, vai cuidar da sua educação. Ele é ótimo, mas rigoroso e muito implicante. Aproveite seu tempo livre para dedicar-se a coisas menos eruditas, mas extremamente gratificantes! Isso é um verdadeiro conselho de pai! – disse Apolo, piscando-lhe o olho.

— Lanshaid... Três dias de viagem! – brincou Asclépius

— Não se você for filho de um deus! – retrucou Apolo, sorrindo para o rapaz. – Ah, sim! Anote estes nomes: Panaceia, Higeia e Iaso!

— Nomes estranhos! Quem são? – perguntou o rapaz.

— Nunca diga isso para sua futura esposa. São os nomes de suas três primeiras filhas, minhas lindas netas! E se você os achou estranho, não me pergunte os nomes dos meninos – respondeu Apolo, contendo o riso,

— Três primeiras filhas? Você não está falando sério! – disse o rapaz, aos risos.

— Você terá oito! Foi isso o que eu quis dizer com "coisas menos eruditas, mas extremamente gratificantes". Isto é, se escolher voltar para Lanshaid – concluiu Apolo.

Asclépius sentia-se muito diferente depois dessa conversa. O tímido e retraído rapaz enfrentara os deuses e deixara a todos impressionados com sua coragem e com seu poder de cura. Caminhando ao lado do deus Apolo, o rapaz percebeu que fizera as melhores escolhas. Diante das perspectivas de mudança que o destino apontava-lhe, o jovem decidiu fazer uma última pergunta ao deus:

— A partir de hoje poderei viver sem precisar me esconder?

— Asclépius, viver sempre envolveu e sempre envolverá algum tipo de risco. Mas hoje você assumiu as rédeas de sua própria vida. Você será amado e odiado, mas nunca mais será caçado pelas erínias ou vítima de alguma trama sórdida de sua tia. Nunca a chame desse jeito, pelo amor de Zeus! Você fez muitos amigos, que sempre estarão dispostos a lutar por você. E, agora, tem um deus olhando, ajudando e torcendo por você. Olhe para o céu. Vê aquelas quatro estrelas ali? As mesmas que se alinharam no céu na noite da Lua de Fogo, quando fui ao seu encontro usando o corpo de Eathan?

— Sim, a constelação que brilhou na noite da maldição – respondeu Asclépius.

— Aquela constelação é sua mãe. Agora, ela está no céu, iluminando o seu caminho. Foi o meu pedido de desculpas por não tê-la protegido como um deus deveria proteger.

Asclépius agradeceu. Com o espírito leve, olhou mais uma vez para o céu e, com um sorriso, despediu-se de sua mãe. Em seguida, ele aceitou a sugestão de Apolo. Rever os amigos em Lanshaid seria reconfortante.

— Se me permitir, vou aparecer de vez em quando para ver como andam as coisas com seus estudos, deveres de casa, namoradas e essas coisas chatas de pai! – arriscou Apolo.

— Acho que eu vou gostar disso – respondeu o rapaz.

— Eu também – concluiu Apolo, sorridente.

— E o pergaminho das sete maldições? O que devemos fazer com ele? – perguntou Asclépius, preocupado.

— Não se preocupe. Já me encarreguei de colocá-lo em local seguro – respondeu Apolo, sorrindo novamente.

Em instantes, o cenário mudou completamente. Em uma fração de segundos, o rapaz foi transportado para Lanshaid, bem no meio da grande festa. A multidão, que dançava e cantava, reconheceu o rapaz imediatamente.

Os soldados de Lanshaid, capitaneados por Enid, imediatamente carregaram o constrangido rapaz nos ombros. A princesa Brígida, na companhia de Armury, correu para abraçar o recém-chegado. Muitas histórias tiveram sua conclusão ali, naquela festa inesquecível. E muitas outras histórias começaram.

No alto da escadaria, o rei K-Tarh, o rei Ziegfried, a rainha Ellora e os conselheiros juntaram-se ao, nunca antes, tão animado Tilbrok, naquela comemoração que marcou o início de uma nova era para as duas cidadelas.

Naquele momento, nas florestas de Tirânia, escondido em uma gruta muito afastada de qualquer núcleo povoado, um condenado iniciava sua terrível pena.

Vítima de suas próprias escolhas, Ischys de Lapith estava totalmente à mercê das maldições que deflagrara. Como Lothuf previra e Tilbrok comprovara, a maldição cruzada havia gerado um castigo duplo para o feiticeiro, que se encontrava em martírio jamais registrado nas piores histórias da magia: um esqueleto cego era o que restara do terrível Zefir.

— Ártemis foi a assassina... A maldita irmã de Apolo... Eu não percebi... Eu deixei escapar... – murmurou o feiticeiro amaldiçoado.

Sozinho e sem esperanças, Zefir só conseguia repassar os detalhes perdidos naqueles longos anos em sua busca por uma vingança que acabou consumindo seu corpo e sua alma. Mas os problemas do antigo desafiante de Apolo estavam apenas começando. Há poucas léguas dali, três terríveis criaturas voavam em seu encalço.

— Como será a sentença desse Zefir? – questionou Megera em pleno voo.

— Da minha parte, ele é culpado pelo ódio que originou a sua vingança torpe e malsucedida! – respondeu Alecto.

— Da minha parte, ele é condenado pelas vidas que ceifou em diversos reinos, tanto pela chuva de fogo como pela maldição das serpentes, pelos ataques e pelas invasões que promoveu com seus guerreiros. Além de quase ter matado Ártemis – falou Tisífone.

— Do meu ponto de vista, ele mereceria uma medalha por isso... – murmurou Alecto.

— Bom, da minha parte, ele é culpado pela infidelidade ao envolver-se conscientemente com a pretendida de Apolo – concluiu Megera.

— Segundo Apolo, Zefir está cego e virou um esqueleto – comentou Tisífone.

— Sim. E daí? – retrucou Alecto, em seguida,

— Não acham que ele já foi suficientemente castigado?

— Ah, não! Lá vem você de novo! – grunhiu Alecto.

— Só estou dando minha opinião... Que horror!

FIM